KB059824

물방울에서 신시까지
아침 새 빛의 나라
나해철 신화서사시

물방울에서 신시까지
아침 새 빛의 나라

나해철 신화서사시

솔
시선
34

| 차례 |

제1부 물방울

1 혼돈 · 12

2 개벽 · 15

3 물방울 거품 · 18

4 태극 · 22

5 마고 · 26

6 하늘과 신들의 탄생 · 30

7 세 자매신 · 35

8 땅 · 38

9 바다와 강 · 41

10 해, 달, 별 · 44

11 인간 여자 · 47

12 뭇 생명 · 49

13 남자 사람 · 52

14 천둥 · 57

15 마고의 동아시아 평야와 백두대간 창조 · 61

제2부 마고의 전쟁

16 괴물 여신 · 68

17 악신의 탄생 · 72

18 악신의 첫 행보 · 77

19 최초의 전쟁 · 80

20 두 번째 전쟁 · 84

21 세 번째 전쟁 · 89

22 네 번째 전쟁 · 93

23 다섯 번째 전쟁 · 100

24 여섯 번째 전쟁 · 106

25 일곱 번째 전쟁 · 111

26 여덟 번째 전쟁 · 116

27 동쪽 바람의 여신 · 124

28 영원한 시간의 별 · 127

29 불돌, 하늘나무, 아주머니 여신들 · 132

30 샛별 여신과 해맞이 매 별신 · 137

31 아홉 번째 전쟁 시작 전 · 140

32 아홉 번째 전쟁의 시작과 참상 · 143

33 아홉 번째 전쟁에서 활약한 여신들 · 146

34 아홉 번째 전쟁 · 151

35 아홉 번째 전쟁의 결과 · 156

36 마지막 전쟁의 전반부 상황 · 159

37 마고신의 회복 · 163

38 마지막 승리를 위한 준비 · 166

39 마지막 전쟁의 승리 · 169

40 우주의 어머니신 · 173

41 마고 여신, 여성 인간 지도자를 양육하시다 · 175

42 첫 영적 지도자가 된 여자 사람 · 180

43 미륵신과 미륵땅의 인간 · 183

44 미륵신과 석가신의 이야기 · 186

45 거대한 홍수 · 190

46 홍수가 지나간 후 · 195

47 천인의 탄생 · 199

48 천인들의 삶 · 203

49 마고성의 비극 · 207

50 천인들의 이주 · 212

제3부 신시

51 환인, 드러나시다 · 218

52 환인, 세계를 다스리시다 · 224

53 제신들의 이주 · 228

54 환인천제의 아들신이신 환웅천황 · 232

55 환웅천황의 첫 번째 하늘전쟁 · 236

56 환웅천황의 두 번째 하늘전쟁 · 241

57 환웅천황의 마지막 하늘전쟁 · 243

58 환웅천황과 사람들 · 247

59 환웅천황, 허락을 받다 · 252

60 천부인 이야기 · 256

61 세 도움신에 대하여 · 261

62 풍백의 노래 · 264

63 우사의 노래 · 268

64 운사의 노래 · 271

65 환웅천황, 드디어 동쪽으로 향하다 · 274

66 환웅천황의 인간전쟁 · 277

67 환웅천황의 홍익인간 · 279

68 자기들의 땅에 도착하다 · 284

69 환웅천황과 밝달족의 나라 · 288

70 단군왕검의 탄생 · 291

71 단군왕검 황제, 조선을 건국하시다 · 294

72 배달국 조선, 홍익인간을 이루다 · 297

해설 '아침 새 빛의 나라'에 내리는 율려의 빛꽃_이안나 · 301

시인의 말 · 321

참고문헌 · 325

제1부 물방울

1 혼돈

무엇이라고 부를 수 없는
어두운 것 같아
속을 알 수 없고
너무 밝은 것 같아
겉조차 구분할 수 없는
무엇이 있었다
빛이 있는 것도 같고
빛이 없는 것도 같은
무엇이 있었다

거대한 것 같다가
좁쌀보다 작은 것 같은
가만히 있는 것 같으나
맹렬히 소용돌이치는 것 같은
일순간인 것 같기도 하고
무궁한 시간 동안인 것도 같은
무엇이 있었다

무엇이 있기는 있었으나
실은 아무것도 없는 것과 같은

무슨 불덩이 같고
물바다 같은
노래 같고 침묵 같은
이야기 같고 적막 같은
만들어낸 기억 같고
없는 연인의 숨결 같은
아득하기도 하고
생생하기도 한
무엇이 있었다

죽음 속에 있는 것도 같고
펄펄 살아 있는 것도 같은
아직은 태어나기 전인 것도 같으나
진즉 벌써 새로운 생명까지를
잉태하고 있는 것도 같은

무수한 있는 것들이
아직은 티끌조차 없고
가없이 없는 것들이
이미 넘치도록 있었던
무엇이 있었다

미망 같기도 하고

필연 같기도 한
무엇이 있었다

빛 아닌 빛 같은 무엇이었다
소리 아닌 소리 같은 무엇이었다

박동 아닌 박동 같은 무엇이었다
울림 아닌 울림 같은 무엇이었다
음악 아닌 음악 같은
무엇이었다

그 무엇이 지금도
노래 아닌 노래와
이야기 아닌 이야기를 부르나니
귀 있는 자와 귀 없는 것들
모두들
쉿
이 소리 없는 소리를 들어라

2 개벽

그 무엇에
그 어떤 것에

그 어떤 때에
후일 갑자년 갑자일 갑자시라고 부르게 되는 때에
그 어떤 것의
위쪽 한쪽이 조금 열리게 되었다

후일 하늘의 머리 쪽이라고 불렀던
자방이었고 정북쪽 방향이라고도
부르는 쪽이었다

그 어떤 것에
또 그 어떤 때에
후일 을축년 을축일 을축시라고 부르게 되는 때에
그 어떤 것의 아래쪽 한쪽이 조금 열리게 되었다

후일 땅의 머리 쪽이라고 불렀던
축방이었고 북북동에서 동쪽으로 15도까지의
방향이라고 부르는 쪽이었다

어쨌든
그 무엇의 열린 틈들 사이로
물들이 흘러내리기 시작했다
물들이 흘러내리는 박동이
그 울림이
여덟 가지 소리로 사방팔방으로 퍼져나갔다

특히
후일 하늘이라 부르게 되는 쪽에서는
청이슬물이 쏟아져 내리고

후일 땅이라고 부르게 되는 쪽에서는
흑이슬이 솟구쳐서

서로 합수되어
상통하고 함께 흘렀다

그 무엇은
흐르고 넘쳐나는 물로 가득하게 되었다

가득히 흘러 출렁이는 물과
박동과 울림이 음악으로 넘쳐나는
그 무엇이 되었다

너야
살고 죽는 우연과 필연이,
삶과 죽음의 운명과 숙명이,
삼라만상이
바로 시원부터
그 무엇의 굽이치는 물살과
울리는 맥동으로 인한 것이니
결코 벗어나지 못하리니

무릎 꿇고 가만히 귀 기울여라
들리지 않는 모든 속삭임과
보이지 않는 위대한 운율을,
장엄하게 춤추는 고요를

3 물방울 거품

있는 것 같이
없고
없는 것 같이
있는
그 무엇의
넘쳐나는 물에서
부풀어 오르는 물방울이 생겨났다
물방울 거품이 처음으로 생겨났다

물방울 거품은
그 무엇에서부터 흘러나와 굽이치는
거대한 물이랑에서,
그 무엇을 뒤흔들며 맥동하는 음악 속에서
솟아 나오고 있었다

비 온 뒤 봄 새순이 돋아나듯
피어난 물방울이
꽃봉오리 같은 물거품 봉오리가 되었다

물방울 거품을 뿜어 올린

그 무엇은
물방울 거품과 넘쳐나는 물로
신비로운 음악 속에서
스스로의 모습을 점점 선명하게 내보이고 있었다

물방울 거품은 점점 커지고
부풀어 올라
온전히 그 무엇의 모습을 대신하였다
그 무엇이었던 그 자리에
커다란 운율을 휘감고서
거대한 물방울 거품이 바로 있었다

물방울 거품은
한없이
가볍게 떠오르기도 하였고
깊게 가라앉기도 하였다

물방울 거품은
스스로 아름다웠고
빛 아닌 빛 속에서도
스스로 영롱하여서
스스로가 투명할 수 있었고

맑게 자라나는 기운으로 가득 차서

스스로가 무엇이든 할 수 있으므로
한없이 자비로울 수도 있었다
한 점 두려움도 없었다
스스로가 가진 힘으로
누구를 기를 수도 있었고
무엇을 낳을 수도 있었다

물방울 거품은
무엇이든 할 수 있는 힘이 가득 찬
맑고 투명한 제 몸 안에
새로운 것이 되고자 하는
새로운 박동을 이미 품고 있었다
새로운 음악을 이미 지니고 있었다

노래이기도 하고
말이기도 하고
이야기이기도 하고
생각이기도 한 것을
물거품은
진즉 잉태하고 있었다

의지이기도 하고
자비이기도 하고
은총이기도 한 그것은

물거품 안에서
둥글게
둥글게
휘돌고서 태동하였다

너야
기억하느냐
자궁 안의 영원 같던 시간을,
양숫물에서 생명을 얻던 것을
기억하느냐
정녕 기억하느냐
시원부터
온몸이 겪은 것을 기억해야만 하리
너야
너를 있게 한 것은
자궁이 갖는 자비이다
자궁의 의지이고 은총이다
생명을 낳는 것은 자비와 은총의 신비이니
너는 자비와 은총의 자식이다
자비와 은총의 화신이다
죄를 짓지 마라
어두운 것에 마음을 두지 마라
자비로움과 은혜로움에서 왔으니
죄는 없나니
없는 죄를 새로이 짓지 마라

4 태극

움직이고
움직이다 보면
흐름이 생겨나고
흐름은 모양을 형성케 되니

끝없이 박동하는
물방울 거품의 의지와 운율이 만든
쉼 없는 움직임은
점점 어떤 모습과
형상을 이루게 되었다

물방울 거품 방울 속에
청색과 흑색의 두 마리 물고기 모양의 어떤 것이
둥글게 서로의 꼬리를 입에 문 모습이
우연인 듯 필연인 듯
자연스럽게
드디어 나타나게 되었다

두 물고기 형상은
후일 음과 양이라고 불러도 좋을

그 무엇은
한쪽 얼굴에 다른 쪽 꼬리가 닿아 있는 모습으로
둥글게
둥글게
끝없이 돌고 돌았다
후일 태극이라고 또 불러도 좋을
운동을
움직임을 결코 멈추지 않았다

그 무엇에 가득하고
그 무엇을 이루고 있는 박동도
여덟 가지 소리로 형식을 갖추고
다섯 음의 음악으로 점차 모양이 이루어져
점점 커지고 커져서 신비로운
찬란함이 가득하였다

끊임없이 자전하는 물방울 거품은
점점 더 힘이 세어지고
강력해졌다
무엇이든 제 몸으로 나을 수 있고
무엇이든 스스로 기를 수 있는 힘인
내면의 생명력과
자비로움도
그만큼 더할 나위 없이 충만해졌다

물방울 거품은
한없이 커다랗기도 했고
먼지처럼 작기도 했으며
어느 곳에나 있었다
물방울 거품이 없는 곳은 없었다
물방울 거품과 하나인
음악이 없는 곳도 없었다

너야
너는
위대한 움직임이 만든 생명이고
강력하고 힘찬 운동으로 가득 찬
신령한 존재이니
강한 힘을 가지고 있다
어떤 일이 닥쳐와도 기운을 잃지 마라
슬퍼하지 마라
스스로 가엾게 생각되고
서럽고 서러워도
결코 허물어지지 마라
주저앉지 마라
너야
너는
세상을 이룬

음양이라고 불러도 좋을,

태극이라고 불러도 좋을 신비로 이루어졌다

신비로운 힘으로 가득 차 있다

네가 세상의 시작이며 전부이니

좌절하지 마라

세상을 이루고 세상을 움직이는 힘이

바로 너다

5 마고

신비롭고 자비로운 음악으로 박동하는
물방울 거품 안에서
한없이 돌고 도는 두 물고기 형상으로
입에 꼬리를 대고 서로 한 몸이 되어 빛나는 것이
그 어느 때 스스로
다른 모습으로 바뀌어가기 시작하였다

합해질 것은 합해지고 나뉠 것은 나누어지면서
길어질 것은 길어지고 짧아질 것은 짧아져서
끝없는 생명력과 자비로 인한
위대한 모성으로 터질 듯 가득해진
물방울 거품은
아아!
아름다운 한 여인이 되었다

영롱한 물방울 거품에서
훗날 마고라고 불렀고
수없이 많은 다른 이름으로도 사모하였던
여신이 탄생하였다

빙긋이 신비롭게 웃는 여신은
아름다웠고
자애로운 얼굴로 그 무엇의 전부가 되었다
한없이 거대한 몸이었으나
물방울 거품처럼 가벼웠고
티끌같이 작은 어느 곳에라도 들어갈 수 있었다

여신은 못 하는 것이 없었다

빛이면서 박동이고
소리이면서 고요이고
말이면서 노래이고
생각이면서 의지이고
자비이면서 은총이었던
본래의 그 무엇에서
솟구친 청이슬과 흑이슬이 지닌
강력한 생명의 힘을 그대로 가지고 있었다
생명의 탄생과 보살핌에 대한
어머니의 마음이라는
위대한 자비로움을 지니고 있었다
그 무엇의 물방울 거품이 지닌 신비함을 그대로 가지고
있었다

여신은

만물을 이루는 운율 자체였으므로
신비로운 음률로
무엇이든 새로이 만들 수 있었고
무엇이든 생겨나게 할 수 있었다
여신은 모든 것을 다 알고 있었고
모든 것을 실행할 수 있었다
모든 것을 잉태할 수 있었고
모든 것을 탄생시킬 수 있었다

여신은
다 알고 있었고
다 할 수 있었으므로
서두르지 않았다
바쁘지 않았다
두려워하지 않았다
그러므로
한가한 마음으로
자주 쉬이 길고 깊은 잠을 잤다

깨어 있을 때는
있어야 할 것 같은 무엇인가를
이루었으며
그것을 바라보며 흡족해하다가
또다시 깊은 잠에 빠질 때가 많았다

잠들어 있는 모습은
마치 눈을 감고
길고 긴 생각을 하는 듯했다

너야
시원부터 너는 있었다
잠이 든 것처럼 있어왔다가
지금 깨어나
여기에 있다
지금의 모습에 크게 연연해하지 마라
우쭐하지도 마라
쉽게 마음이 어두워지지도 마라
지나치게 흥분하지도 마라
애통해하지도 마라
보이지는 않으나
모든 것이
처음부터 너와 함께했으니
너와 생명을 함께하고 있으니
두려워 마라
서둘지 마라
너는 시원부터 있어온 위대한 그 무엇이다

6 하늘과 신들의 탄생

모든 것의 전부인
여신 마고는
긴 잠에서 깨어나면 때때로
무엇인가를 만들어
함께 지냈다

마고신의 생각과 생각이
각각 그것에 합당한 물상을 만들게 했다

여신은
물방울 거품처럼
가볍게 떠 있을 수도 있고
무겁게 물 밑에 들어갈 수도 있고
어느 곳에서나 있을 수 있고
그녀가 없는 곳은 없었기 때문에
그녀가 있는
그곳에서
새로운 것들이 태어났다

마고신은

자기 몸으로
만물을 탄생시켰다
마치 무궁한 자궁으로
무궁한 생명을 태어나게 하는 것 같았다

허공을 만들고
공기를 만들고
빛다운 빛을 만들 생각이 든 마고 여신은

허공과 공기와 빛을 만들기 전에
그들을 탄생시키는 일을 할 때
자기를 곁에서 도와줄 신들이 필요하다고
마고신은 또 생각하였고
먼저 자기의 살을 떼어내어
두 여인 신을
처음으로 만들어내었다

마고신은
허공과 공기와 빛을 만들 때
그 일을 두 여신에게 돕게 하였다
여신 마고는
그렇게 처음으로 만들어진
공기에게도
빛에게도

만물을 만드는 것을 거들도록 명령했다

마고신이 만든 만물 중에서
맑은 것들과 밝은 것들
그리고
안개와 흐린 것들, 어두운 것들이
점차 서로서로
끼리끼리 모여 있게 되었다

마고신이
긴 잠에 또 들었다가 깨어나서
크게 크게 기지개를 켜게 되니 그때
맑은 것들과 밝은 것들이
여신의 커다란 팔에 걸리어
안개와 흐린 것들, 어두운 것들과 갈라져서
높이높이 올라가게 되었다

그로부터
하늘이라 부르는
맑고 밝은
창궁이 높은 곳에 떠 있게 되었다

그즈음에
마고신이 자기 일을 돕게 하기 위해 창조한

여러 신들 중에
훗날 미륵, 석가 같은 이름으로 부르게 되는
신들도 있었는데

그 미륵이라고도 부르게 되는 신이°
볼록 솟아오른 하늘 창궁에
네 개의 큰 기둥을 세워
하늘을 다른 것들과 완전히
구분되게도 하였다

그때부터
하늘은
다른 것들과 닿지 않는
높고 높은 곳에
단단히 걸려 있게 되었다

너야
가만히 귀를 기울여보라
고요히 눈을 감고
모든 것이 맨 처음 시작되는 곳을
뚜렷이 바라보라
그곳의 소리를 들어라
신들이 만물을 만드는 박동이 들릴 때까지
하늘과 땅이 만들어지는 모습이

환히 보일 때까지
눈을 감고 듣고 보라
견디고
천천히 숨을 쉬어라
무슨 일이든지 두려워 마라
눈을 감고 시원을 보고 들어라
처음 시작되었던 모든 것들이
너와 함께 있으니
모든 것과 함께 가고 있느니
새로이 이루어지고 있느니

<hr />

○ 현재 우리에게 남아 있는 무가 속의 창세신화에 기록된 내용으로, 불교가 들
  어온 이후 신의 이름이 바뀌어 전해져온 것으로 여겨진다.

7 세 자매신

음양이라 불리어도 좋은 모양으로
태극이라 불리어도 좋은 움직임을
끊임없이 계속하던
신비로운 물방울 거품이
아름다운 마고신으로 모습을 바꾸어 나타나
일찍이 허공과 공기 그리고 빛을 만들고자 할 때

자신이 하는 일에 도움을 받기 위해
자기 몸의 살덩이 하나씩으로
두 여인을 따로 만드니
이들이 바로
마고신과 세 개의 몸이면서도
바로 하나의 몸인
딸이면서 또한 자매인 두 여신이었다

마고신의 상반신에서 떨어져 나간
윗몸 여신은
빛을 포함한 하늘에 속한 것을 주로 담당하였고
마고신의 하반신에서 떨어져 나간
아랫몸 여신은

땅에 속한 것을 주로 담당하였다

딸신이며 자매신인 이들의 이름은
대륙 깊은 곳에서
작은 수의 사람들에게 남아 전해졌고
후에 궁희와 소희라고 불리기도 했었다

마고신이
자매신들의 도움을 받아
공기와 빛을 만들어놓으니
맑은 공기는 허공을 떠다니고
빛은 공기 속을 쏘다녔다

공기와 빛이 서로 다투며
모였다 흩어지는데
보이지 않았고 움직임이 빨라서
공기와 빛을 도저히 붙잡아둘 수가 없었다

움직이기를 좋아하고
가만히 한자리에 있지 못하는 성정을
마침 자매신 중 윗몸신이 지니고 있어서
윗몸신이 빛과 공기를 담당하여
빛과 공기와 함께
하늘과 허공을 돌아다니게 되었다

세 모녀이고 세 자매인 신들은
같은 몸에서 탄생한 한 뿌리의 신들로서
함께 현현하였고
함께 존재하였으며
함께 만물을 잉태하였다

함께 영원히 살았으며
함께 영원히 모든 것을 양육하였다

너여
결코
혼자가 아닌 너여
함께 가라
네가 경계 위에 있어도
네가 허공 중에 있어도
네가 구렁 속에 있어도
네가 기쁨 안에 있어도
네가 슬픔 안에 있어도
혼자가 아니다
모든 것이 너와 함께 있다
너와 함께 있다
외로워 말라
혼자인 것은 결코 여기에는 없다

8 땅

물방울 거품에서
여인으로 모습이 바뀐 마고신이
갖은 만물을 생산하는 일을 할 때
자기가 탄생시킨 여러 신들뿐 아니라
빛과 공기 그리고
자신이 창조한 특별한 능력을 지닌 새와 거북이의
도움을 받았다

마고신이
만든 만물 중에서
안개와 흐린 것들
어두운 것들과 무거운 것들이 모여서
아래로
아래로
내려앉았다

그때
마고신이 만들어낸 여러 신이
특별한 새에게 명령하여
넘치는 물 밑으로 들어가

검은 흙과 붉은 흙 그리고 모래를 가져오게 하여
그것을 물 위의 한 곳에 뿌리기도 하였고

어떤 곳에서는
알을 품을 곳을 찾던
삼만 년을 사는 커다란 새가
자기의 날개깃으로 둥지를 만들어
물 위에 띄웠는데
그 위에 먼지가 쌓이기도 하였고

또 어느 곳에서는
물 위에 커다란 거북이가 있어서
여러 신이 직접
물속의 흙을 가져다가
거북이의 몸 위에 쌓기도 하였다

이런 모든 것들이
만물 중 무겁고 탁한 것들과 더불어
하늘 아래에서
밑으로 밑으로 모이고 뭉쳐
땅이 되었다

거대한 대지가 되었다

너야
대지는 살아 있다
살아서 너를 받치고 있다
주저앉은 너를
지금 대지는 껴안아 일으키고 있다
대지가 가만히 있다고 생각지 마라
너를 세우고 네가 걷고 뛸 수 있게 한다
너와 함께 서 있고 걷고 뛰고 있다
너를 언제나 지탱하고 있다
그만 일어나라
쉬이 슬픔에 지지 말라
너의 생명을 대지의 박동 속에 움직이게 하라
꿈틀거리는 땅과 함께
너의 목숨이 음악이 되게 하라

9 바다와 강

무한한 능력 덩어리이고
생명의 힘 그 자체인
물방울 거품에서 생겨난
마고신은
급할 것이 없었다
서두를 필요가 없었다
두려움 같은 것이 없었다

가끔
만들어놓은 것들의
어울림과 조화를 생각해서
더 있었으면 좋을 것을
있었으면 좋을 자리에
새롭게 있게 하곤 하였다

그러던 어느 날
마고신은
다시금 긴 잠에서 깨어나
대지 위에 오랫동안 오줌을 누었다
오줌은 흘러 강물이 되었고

커다랗고 넓어서 끝이 보이지 않는
물웅덩이를 만들었다

여신은
끝없이 거대한 물웅덩이를 보고
땅과 잘 어울린다고 생각해서
그 자리에 그대로 두었다
바다가 새롭게 탄생된 것이었다

여신의 오줌이 흐르는 고랑도
그렇게 강물이 흐르는
푸른 강으로 변했던 것이다

너여
어머니는
시원부터 오셔서
드디어 지금 너를 낳았나니
수없는 시공간을 거침없이 건너와
너를 탄생시켰나니
태초부터 지금까지의 시공간이
몸에도
정신에도 쌓인 너여
끝없이 귀하고 신령한
너여

지금 즉시 기쁘게
순간순간
영원을 살아가라
어머니의 혼백 속을 살아가라

10 해, 달, 별

하늘이 있고
땅이 있고

허공이 있고
공기가 있고
빛이 있었지만

아직
해와 달과 별이 없을 때

마고신은
자기가 만들어놓은 것들이
너무 텅 비어 있는 것만 같았다

그래서
자매신들을 불러
해와 달과 별을 만드는 자신의 일을
돕도록 하였다

자매신 중의 윗몸신이

뜨겁고,

휘황하고,

초롱초롱한 눈빛을 뿜어내는

여신 마고의 눈에서

해와 달과 별을 만들어내었다

뜨거운 눈빛으로는

해를

휘황한 눈빛으로는

달을

초롱초롱한 눈빛으로는

별을 만들어

하늘에 내걸었다

하늘이 넓고 끝이 없어서

그때는

두 개의 해와

두 개의 달과

수많은 별을 하늘에 내걸 수밖에 없었다

너야

삶이

텅 빈 것 같을 때에도

보라

해와 같은 것
달과 같은 것
별과 같은 것들이 그 안에 있다
결코 손으로 잡을 수는 없으나
뜨겁고 휘황하고 초롱초롱한 것들이
삶 속에 빛나고 있다
오래 들여다보라
고요히 듣고
느끼고
굳게 믿어라
사랑 같은 것
자비 같은 것
영원 같은 것들을
삶 속에 빛나는
해 같고
달 같고
별 같은 것들을

11 인간 여자

마고신과 두 자매신이
여러 가지를 만들었으나
자기들 모습을 닮은 생명이 없었다
자기들을 똑 닮은 생명이 있으면
더 흥미롭고
더 뿌듯하고
더 즐거울 것 같았던
세 신은
자기들을 닮은 인간을 만들기로 하였다

맨 먼저 만들어진 것이
자기들을 닮은 여자 인간이었다

인자한 성품의 마고 여신과
급한 성격의 윗몸 여신,
두 여신이
주로 이 일을 하였으므로
만들어진 여자 사람은
마고 여신의 인자한 마음과
윗몸 여신의 급한 성질을 같이 가지게 되었다

여자 사람이
대지에서
활동하는 모습이 보기에 좋았으나
여자 사람만으로는 살아가기에
불편해 보이고
부족한 것이 조금 있다고
세 신은 생각하였다

그러나
마고신은 여느 때와 마찬가지로 서둘지 않았다
눈을 감고
생각에 잠긴 듯
또 긴 잠에 들었다

너여
여인이여
신의 첫 번째 인간이여
구원하라
이 세계를
긴 잠에 든 하늘을 대신하여
모든 생명을 위해서
모든 생명의
죄를 씻어내라
만물을 여인의 손으로 씻어 새롭게 하라

12 뭇 생명

마고신이
긴 잠에서 깨어 일어났을 때
이번에는 어두운 밤이었다

밤이었기 때문에
궁희와 소희라고도 불리었던
윗몸신과 아랫몸신이 곁에 없어서
마고신은 혼자서
허공의 갖은 새와 땅 위의 짐승과
흙 속의 벌레와 곤충을 탄생시켰다

그렇게 큰 힘이 들지 않는 일이었기 때문에
비교적 쉽게
그들을 만들어내었다

마고신은
여자 사람이 더불어 함께 살아갈
여러 가지 흥미 있는 뭇 생명을
허공과 땅 위 그리고 흙 속에 만들어놓고
참으로 흐뭇하였다

이때부터
새와 짐승과 곤충은
사람과 함께 살았다

그렇지만 이들은
밤에 탄생되었으므로
낮에는 대부분 잠자기를 좋아하고
주로 밤에 나다니며 활동을 하게 되었다

마고신이
생각을 깊이 하지 않고
비교적 쉽게 만들었기 때문에
이들은 인자함이 부족한 성품을 가졌다
이들은 때때로
서로가 서로를 잡아먹기도 하는
포악한 성질을 많이 가지게 되었다

벌레나
작은 짐승은
빛이나 밝은 곳 그리고
큰 짐승을 두려워해서
굴속에서 살기를 좋아하였다

너야

자연이 소리를 낼 때

자연이 뭐라고 말을 할 때

자연이 울 때

자연 전체가 함께 크게 크게 외치는 줄 알라

귀뚜라미가 울 때

개구리가 울 때

도롱뇽이 울 때

모든 자연이 함께 소리 높여 울고 있다

벌레와 짐승 그리고

곤충이

같은 생명을 지닌

인간의 유일한 친구라고,

모두가 하나라고

위대한 시원의 힘이 스민

신비의 목소리로 고통스럽게 울부짖을 때

너야

멈추어라

세계를 부수는 짓을

자연을 망가뜨리는 짓을

생명을 부정하는 짓을

13 남자 사람

마고신과 윗몸신, 아랫몸신이
여자 사람과
뭇 생명을 만들어 함께 살게 했으나

세 여신들은
여자 사람이 자신들과 다르게
생명을 탄생시키지 못하고
생명을 잉태하지 못하는 것이
보기에 좋지 않았고
마음에 들지 않았다

그즈음 긴 잠에서 깨어난
마고신은
자신의 단단한 어깨뼈 한 조각과
무성한 겨드랑이 털을 뽑아
자신의 인자한 성품의 살덩이와
윗몸신의 급한 성격의 살덩이를
함께 버무리고 주물러
남자 사람을 만들었다

남자 사람은 마고신의 강한 어깨뼈로 만들어져
힘이 세었고
또 마고 여신의 겨드랑이 털로 만들어져
수염과 몸의 털이 많았다
성격은 급했으나 인자하기도 하였다

그렇지만
처음으로 만들어진 남자 사람은
먼저 만들어진 여자 사람과
크게 다른 점이 없었다

여신인 마고와 자매신들은
자신들의 모습과 다른 부분이
확실히 있어야만 하는
남자의 몸 구조를 정확히 알지 못하였기
때문이었다

그리하여
마고신은 생각 끝에
짐승과 벌레가 지닌 모양대로
남자의 생식기를 만들어야겠다고 생각하였다

그러나
그때도 마고신은 서두르지 않았다

그 일이 급한 일이 아니어서
남자 사람을 만드는 중에도 졸음에 빠지게 되었다

졸면서
눈을 감은 채
제 몸의 살 한 덩이를
남자 사람에게 던진다고 던졌지만
마고신의 살덩이는
멀리 있는 전혀 엉뚱한 짐승의 몸에 가 붙었다

산꿩의 엉덩이에 붙어
작은 고기 덩이 하나가
닭벼슬처럼 나오게 되었고
자매 여신들이 마고신에게 잘못 붙였다고 타박하였다

아직 졸음에 빠져 있는 마고신이
또다시 제 살 한 덩이를 던졌지만
이번에는 물오리의 뱃살 속에 들어가 붙어버렸다
그래서 물오리의 수컷 생식기는
뱃살 속에 있게 되었다
윗몸신과 아랫몸신이 또 잘못 붙였다고 불평을 하였다

그러자 아직도 졸음에서 깨어나지 못한
마고신이

떼어낸 제 살 속의 가는 뼈를
남자 사람에게 붙인다는 것이
암사슴의 배 밑에 잘못 붙였다
암사슴은 수사슴이 되었으며
이때부터 사슴이나 노루의 수컷 생식기는
날카로운 침처럼 생겨서
발정기에는 암컷을 찔렀다
두 자매신은 이번에도 잘못 붙였다고
성을 크게 내었다

그제야
황망하게 잠에서 깨어난
마고신은
마침 곁에 있던 곰을 달래어서
사타구니의 수컷 생식기를 떼어내
남자 사람의 사타구니에 붙였다
이후로 남자 사람의 그것이나
수컷 곰의 생식기가 비슷하다는
이야기를 듣게 되었다

여하튼 우여곡절을 겪은 끝에
남자 사람을 완성한 후로
세 신들은
여자 사람과 남자 사람이 함께 어울려 사는 모습이

보기에 너무도 좋았고
크게 기뻤다

너여
남자여
가까스로 만들어진 창조물이여
늘 깨어 있어라
모든 수컷 짐승들과 함께
불완전한 것을 안고
끝없이 분투하라

14 천둥

맨 처음의 그 무엇에서 흘러넘치는
물이랑에 피어난 물방울 거품에서
음양의 형태로 태극이 휘도는 모습에서
생겨나온 마고신은

바쁠 것도
급할 것도 없이
생각대로 만물을 짓는
창조의 힘을 지녀서

늘 한가로웠다
대부분 골똘하게 생각을 하는 듯한 모습으로
잠에 빠져 지냈다

좀 힘들게 일을 한 후에는
정말 깊은 잠을 자기도 하였다

아마도
남자 사람을 기어코 완성한 후였는지
깊고 혼곤한 잠을 자면서

마고신은
코를 골게 되었다
그 코 고는 소리가 너무나 컸다
그때까지 그런 큰 소리는
하늘과 땅에 있지 않았다

그 소리는 후에 천둥소리라고
사람들이 말하게 되지만

커다란 그 소리에
하늘 한쪽이
땅에 내려앉고
땅은 그 하늘의 무게로 갈라졌다
하늘에 있던 것들이 밤의 별들과 함께
질서를 잃고
우루루
떨어져버렸다

마고신은 그런 줄도 모르고
잠 속에 빠져 있었는데
오줌이 마려워서 잠에서 깨어나게 되었다

그리고 곧
크게 크게 양팔을 뻗어 기지개를 켰다

마고신의 거대한 팔에 걸려서
땅에 떨어진 하늘이 밀어 올려져서
원래 있던 곳으로 되돌아가게 되었다
갈라진 땅도
마고신이 커다란 발로 밟으니
바로 다시 원래대로 붙게 되었다

그러자 모든 것이 제자리로
돌아가게 되었다
해와 달과
뭇별들이 다시 높은 하늘에서 살게 되었다

그때부터 마고 여신이 깊은 잠에 빠져
크게 코를 골 때
천둥이 친다고 말하게 되었고
사람들이 깜짝 놀라고 무서워하게 되었다

너여
하늘이 내려앉고
땅이 갈라지는 시간이
네 몸 안에도 웅크리고 있다
너의 몸은
모든 것의 지도이며
시간이 쌓인 시간의 전집이다

너로부터 천둥도 뻗어 나온다
보라
네가 건강한 생명력을 뿜어내는 순간들이
하늘과 땅 사이에서
찰나 찰나마다 벼락으로 빛나는 것을
너는 결코 작은 목숨이 아니다
하늘과 대지를 관통하는
우레이다
너는 위대한 자연이며
자연의 힘이 바로 너의 것이다
연약함 뒤에 숨어서는 안 된다

15 마고의 동아시아 평야와 백두대간 창조

세상의 시작 이후 만물을 만들 때
자기 마음에 흡족한
특별히 아름답고 살기 좋은 장소를 창조하기 위해
마고신은
어떤 곳이 좋을까 궁리하게 되었다

찬 바람과 거친 바람이 덜 불고
얼음산과 흰 눈 덮인 바다가 멀고

사계절이 뚜렷해서
자연이 풍요롭고
농작물도 잘 자라나는
옥토인 곳을 만들기로 하였다

그러는 중에 대륙의 동쪽
대양을 맞댄 곳에
안성맞춤으로 꼭 들어맞는
편안하고 넓은
지역을 찾아내게 되었다

마고신은
처음 생각으로는
자기가 땅 위에서 지낼 때 스스로가 머물
안식처로 삼기 위해
그곳을 살피기 시작하였으나
훗날에는 자기가 특별히 사랑하는 사람들이
살게 될 땅이라고
생각하게 된다

그때는
인간들의 숫자가 아주 적고
농사를 짓기 훨씬 전이어서
음식다운 음식이 없었다
배가 고픈 마고신이
커다란 산들을 뽑아 먹었으나
이가 아프고 맛도 없어서
산들을 뱉어버렸다

마고신이
입 밖으로 뱉어낸
큰 산들은 북쪽 방향의 여러 곳에 박혀
삼위산이나 태백산 혹은 백산이 되었고
더 동쪽으로 떨어진 산은
백두산이 되었다

남쪽으로 떨어진 산은
후일 한라산이라 불리게 되었고
한라산 지역에서
마고 여신은 설문대 할망이라고도 불리게 된다

바쁜 것이 없어 곧잘 잠에 빠지곤 하는
여신 마고가
산을 먹다가 뱉고는
한라산을 머리에 베고
오른발은 동쪽 바다인 동해로
왼발은 서쪽 바다인 서해로 뻗고서
또 오랫동안 잠을 잤다

긴 잠을 자고 깨어난 후
무료해서
거대한 두 발로 물장구를 쳤다

바닷물이 출렁거렸고
다리 밑으로 땅이 드러나 보였다
땅을 내려다보다가
마고신은
땅을 커다란 손으로 긁었다

손가락 사이로 빠져나온 것은

흙이 밀어 올려져 산맥이 되었고
푹 패인 곳은 강이 되었다

그리고
내쉬는 큰 숨은 태풍이 되어
발끝 너머에 널린
나무와 바위들을 날려버렸다

땅 위의 것들이 날아가 아무것도 남지 않은
평평하고 광활한 곳이
백두대간의 발원지가 되는
동아시아 평야와 만주 벌판이라고
부르는 곳이 되었다

물이 범람하면
움직일 수 있는 생물들은
모두 산으로 피할 수밖에 없다
그즈음 땅 위에 물이 넘쳐나게 되어
피신 온 생물들의 무게 때문에
까마득히 높았던 산이 아래로 내려앉게 되었는데
후에 산을 내려온 생물들이
그들이 있었던 산을 바라보니
바로
거대한 마고신의 무릎이었다

뭇짐승들이
마고신의 발끝을 보러
달리는 말을 따라 함께 달려갔지만
여신 마고의 정강이에도 미치지 못했다

여신 마고는
참으로 거대하고 장대한 몸을 가져서
몸을 활짝 펴면 하늘과 땅을 다 가릴 듯했다

여신 마고는
자신의 살을 떼어내서 만든
하늘, 땅, 지하의 모든 신들에게
먼 훗날
세상을 맡기고
하늘과 땅의 가장 깊은 곳인
자신의 성인 마고성으로 몸을 옮기게 되는데

그전까지는
생각이 날 때마다
자기가 만든 대지를 찾아갔다
백산白山과 흑수黑水가 있는
동아시아 평야와 만주 벌판 그리고
한라산과 백두산이 있고

동해와 서해가 있는,
아름답고 복된 땅에서 편안하게 지내면서
천지를 풍요롭게 생육하였다

너야
땅이 생겨난 것도
신비하고 오랜 역사가 있으니
너의 목숨도 그렇다
허투루 여기에 온 것이 아니다
너야
너는
태초의 시간부터
걷고 뛰고 날고 기어서
지금 여기
백두대간 동아시아 벌판에 와 있는 것이다
너는 대지와 함께 왔다
백두대간처럼
굳세고 거대한,
동아시아 벌판처럼 드넓고 아름다운
삶 가운데에 있는 것이다
네가
대지의 굳셈과 거대함,
드넓음과 아름다움에 진정 하나가 된다면
그 순간 네가 바로 마고이다

제2부 마고의 전쟁

16 괴물 여신

마고신은
잠을 많이 자는 자기를 닮아
세상을 생육하는 일을 하다가도
곧잘 잠에 빠져버리는
아랫몸신의
잠을 깨워야 하는 때가 많았다

잠을 깨우는 일을 할
힘이 센 신이 필요하였다

마고신은
자신의 살 한 덩이로
머리가 아홉 개 달린 괴상한 모습의 여신을 만들었다

동서남북 사방팔방과 가운데를 살펴보라고
아홉 개의 머리를 갖게 했는데
아홉이라는 숫자는
신과의 약속을 의미하는 신성한 수로서
하늘을 상징하기도 하면서
또한 아주 많다는 것을 뜻하는 숫자이기도 했다

하늘과 공중의 빛을 담당하는
윗몸신은
땅을 담당하는 아랫몸신에 비해 잠을 적게 자고
좀 더 부지런하였기 때문에
마고신은 윗몸신에게
그녀의 살을 조금 떼어내어 달라고 하였다

좀 더 부지런한 습관을 가진
윗몸신의 살덩이로
여덟 개의 팔을 만들어
머리가 아홉 개인 괴물 여신의 어깨에 붙였다

동서남북 팔방으로 팔을 뻗어
부지런히 일을 하라고
한쪽에 네 개씩 양쪽 어깨에 붙여주었다

이 여신은
머리가 많았으므로
어떤 머리가 잠을 잘 때도
다른 머리들은 깨어나 있을 수 있었다

팔이 많았으므로
어떤 팔이 힘들어서 쉴 때는

다른 팔들은 열심히
해야 할 일을 할 수 있었다

괴물 여신은
주로
아랫몸신이 잠에 빠져 있을 때
아랫몸신의 몸을 세게 흔들어
잠을 깨우고
잠을 못 자게 하는 일을 하였다
물론 윗몸신의 잠도 깨웠다

처음에는
마고 여신의 뜻대로
괴물 여신은
잠을 깨우는 일을 성실하게 수행했으나
점차 변심을 하여
수많은 일을 일으켰다

너여
괴물이 날뛰는 것 같은
황망한 일이 생겨나도
결코 낯설어하지 말라
세상에서 일어나는 것은
모두 다

본디 세상의 시작부터 있었던 것이니

어떤 것이 너의 앞길을 막아서도

두려워 마라

결단코 새로운 것이 아니니

아홉 개 머리와 여덟 개 팔을

흔들림 없이 똑바로 바라보고

그 황망한 괴물의 무게를,

뒤지지 않게 거대하고 강한 네 목숨의 무게로

이겨내라

너야

그동안 알게 모르게

네가 이미 그것들을 이겨내 왔기 때문에

네가

지금 여기에 있다는 것을 잊어서는 안 된다

17 악신의 탄생

머리가 아홉 개인 괴물 여신이
아홉 개의 머리로 생각하는 것은
머리가 하나뿐인 다른 신이나 짐승보다
언제나 더 뛰어났다

아홉 개의 얼굴에 있는
많은 수의 눈은
언제나 동그랗게 뜨여 있고
많은 수의 귀는
언제나 열려서 듣고 있고
많은 수의 코는
언제나 벌름거리며 냄새를 맡고 있고
많은 수의 입은
언제나 뭔가를 먹고 있다

그렇게
살피고 느끼는 과정을 통해서
머리 아홉에 팔이 여덟인
괴물 여신은
모든 신과 짐승들의 지혜와 능력을

빠르게
전부 배울 수 있었다

괴물 여신의 손은
거대한 몸집을 지닌 마고의 자매신들을
늘 흔들어 깨웠기 때문에
산악도 움직일 수 있는
강한 힘을 갖게 되었다

괴물 여신은
마고의 자매신을 깨우는 일만을 하면서
점점 불만이 늘어났다
자신의 능력이
마고신과 싸워도 이길 것 같고
힘이 넘쳐 강력하고 강력한데
시시한 일만을 하인처럼 한다는 것이
기분이 좋지 않았다

괴물 여신은
점점 신경질을 부리고 화를 내게 되었다

그녀의 몸은
마고신과 윗몸신의 살덩이로 만들어져서
특별하게 힘이 세고 강하였기 때문에

성질을 부리고 화를 낼 때는
대단히 거칠고 횡포하였다

잠자는 것을 자주 방해받은
땅을 관장하는 아랫몸신은
괴물 여신이 성가셨기 때문에
어느 날 괴물 여신이 신경질을 낼 때
홧김에
몸에 지니고 있던
큰 바위 두 개를
아홉 개의 머리를 가진 여신에게 내던졌다

불행하게도
바위 하나는
괴물 여신의 머리에 난
뿔이 되었고
다른 하나는 그녀의 배 밑에 붙어서
남성의 생식기로 변했다

그녀는 결국
뿔 하나에
머리가 아홉 개이면서
팔을 여덟 개 가진
여성과

남성의 양성을 지닌
매우 기괴한 모습의 신이 되었다

그때부터
괴물 여신은
마고신이 하라고 하는 일은 전혀 하지 않고
강한 힘과 영리한 머리로
더욱 거칠게 성질을 부리면서
싸움만을 일삼는
사고뭉치 악신으로 변해버렸다

너야
너는 뿔을 갖고 태어났다
너는 뿔을 어떻게 했느냐
가슴 속 깊은 곳에 숨겼느냐
너의 한평생 삶은
가슴 속에 넣어둔 뿔을 삭이는 과정인 것이냐
너야
너는 두 성기를 갖고 태어났다
너의 두 성기는 서로 다투지 않고 잘 지내느냐
몸 밖에 드러난 것과
몸 안에 스며든 나머지 성기는
본디 나란한 것이다
사이좋게 지내느냐

겉은 안을 살피고
안은 밖을 감싸고 있는 것이냐
너야
고요히 들여다보라
오래 바라보라
너의 가슴 속 뿔과
너의 몸 안팎의 두 성기를

18 악신의 첫 행보

악신은
남성과 여성의 생식기를
함께 가지고 있었기 때문에
혼자서도 번식하고 생육할 수 있었다

전능한 자매신들의 골육과 혼백으로 이루어졌고
온갖 기술과 재주를 가지고 있어서
거칠 것이 없어진
악신은
어느 날
하늘과 대지를 찌를 수 있는 날카로운 뿔로
땅의 신인 아랫몸신을 찌르고는
그 여신의 뱃속으로 들어갔다

그 뱃속에서
스스로 생육하여
자신과 같은 무수한 악신들을 생산하였다
이렇게 하여 명실상부한
악신이 완성되었다

악신은
성질이 급하고 포악했으며
자매신들의 살덩이로 되어 있어서
세 자매신과 같은 능력으로
공기가 되어
하늘을 올라갈 수 있었고
빛이 되어
해에 들어갈 수도 있었다
또
뿔로 흙을 팔 수가 있어서
땅속에 들어갈 수도 있었다

악신은
세 여신을 조금도 두려워하지 않았고
오히려 얕보고 괴롭히기까지 했다
자주 싸움을 걸고 난동을 부렸다

그때부터
거대한 세 여신의 살이 찢기고
산과 땅이 동요하고
물이 범람하고
비바람이 무섭게 퍼붓고
해와 달이 빛을 잃고
유성이 하늘 가득 날아다니고

만물이 참혹하게 해를 입는 일이 일어나게 되었다

동물과 곤충, 식물 그리고
조금씩 인구수를 늘려가던 인간이
극심한 고통을 받고
목숨을 잃는 일들이 빈번하게 일어나게 되었다

너야
악에게 주어진 자유는
지극히 위험한 흉기이다
선에게 주어진 자유는 커다란 자비이다
자유라고 말하여질 때
반드시 선에게 주어진 자유여야만 한다
악에게 주어진 자유는 파멸을 품은 미친 무기일 뿐이다
너야
자유롭느냐
너는 선하느냐

19 최초의 전쟁

뿔 하나에 머리 아홉인 악신은
자기 마음대로
새로 별자리를 만들거나
별자리를 다르게 변화시키면
마고신에게 대항할 수 있음을 알았다

자기가 만들거나 변화시킨 별자리에
자기 몸을 감출 수가 있고
그 별자리에서 자유롭게
잠을 자고 식사를 할 수 있다는 것을 알았다

마고의 자매신 중에서
하늘의 별과 빛을 관장하는
윗몸신을 속일 목적으로
악신은
자기의 머리 아홉 개를
아홉 개의 밝은 별로 변하게 하였다

무질서하게 새로 생겨난 아홉 개의 별들을
정리하기 위해

윗몸신은
별들이 들어 있는
자작나무로 된 커다란 별 주머니를 들고 가서
아홉 개의 무질서한 별들을 거기에 담으려고 하였다

그 순간
아홉 개의 별로 변해 있던
악신의 아홉 개 머리가
윗몸신을 에워싸고서 달려들었다
윗몸신은
크게 당황하여 맞서지 못하고
악신에 붙잡힌 채 순식간에 곤두박질쳐
땅속으로 끌려 들어가고 말았다

땅속에서 비로소 정신을 차린
윗몸신은
자신이 관장하는 강한 빛을
악신의 아홉 머리의 눈에 비추어
강한 눈부심으로
악신이 순간 아무것도 볼 수 없게 하였다

갑자기 눈앞이 캄캄해지며 아무것도 보이지 않아서
깜짝 놀란
악신이 당황하여

손에 잡히는 대로
수많은 별자리가 안에 들어 있는
윗몸신의 자작나무 껍질로 된 별 주머니를 내던졌는데
동쪽에서
서쪽 방향으로 내던졌다

그 순간
윗몸신은
눈이 보이지 않는 악신을 피해
땅속을 탈출하였고
별 주머니가 던져진 방향으로 쫓아가서
별자리 주머니를 움켜잡았다

이때부터
별들은 언제나 동쪽에서 떠서
서쪽으로 움직이게 되었다

너야
반짝이는 별만은
오욕이 없어야 하리
너야
별마저 추해진다면
우리의 세계는 얼마나 더 외로울 것이냐
신의 대리자들이 오히려 신을 욕되게 하고

역사를 논하는 자들이 역으로 역사를 더럽힐 때
별마저 추락한다면
우리는 얼마나 더 비애스러울 것이냐
너야
별인 너야
밤하늘을 볼 때면
항상 빛나는 별인 너야
밤하늘 같은 세상 속에 별로 와서
한낮에도 별로 반짝이는 너야
대낮의 작열하는 태양 빛 속에서도
변함없이 빛을 뿌리는
초롱초롱한 눈빛의 별인 너야
너에게
추락은 없다
결코 오욕의 수렁으로 지는 별일 수는 없다

20 두 번째 전쟁

악신은 흉악하고 포악하였다
곧잘 난동을 부려
자주 천지가 어두워지고
해와 달 그리고 별들이 빛을 잃었다

악신은
마고신을 이겨서 완전히 군림하고자
마고신에게 내기를 걸었다

내기가 시작되면
크게 변화가 일어날 하늘과 땅에서
악신은
누가 밝은 빛이 나오는 곳을 찾을 능력이 더 있는가
누가 하늘과 땅의 빛깔을 먼저 알아낼 수 있는가 하는
내기를 하자고 하였다

그러고는
악신은
자기가 밝은 빛이 나오는 쪽으로 먼저 갈 수 있고
하늘과 땅이 모두 흰색이라는 것에

내기를 건다고 하였다

마고신은
악신이 성질을 부리는 것이 싫고 귀찮아서
그 내기를 받아주었고
내기가 시작되었다

내기가 시작된 순간
악신은
자신과 똑같은 무수한 악신들을
아득히 먼 흰색의 바다에 보내서
눈부시게 하얀
하늘에 닿는, 거대한 얼음산을
통째로
옮겨오게 하였다

마고신은
순식간에
춥고 싸늘한 흰색 얼음 천지에
갇혀버렸다
좌우 위아래가 모두 흰색 얼음으로 뒤덮여버렸다

위기가 닥친 그때
땅을 관장하는 아랫몸신이

자신의 곁에 있는 땅의 연못 속에서
살고 있는
아홉 색깔의 날개와 커다란 입을 가진
거대한 오리를
마고신에게 보냈다

오리가
흰색 얼음 세계에 갇혀 있는 마고를 업고서
한 조각의 푸른 하늘이 남아 있는
하늘 맨 끝까지 높이 날아올라 가서
재난을 피하게 하였다

그러나
여전히 차가운 얼음이
하늘과 땅을 뒤덮고 있어서
마고신을 구한 후에도 거대한 오리는
큰 입으로 뜨거운 불을 토해내서
얼음에 덮인 하늘에 구멍을 뚫고
또 뚫는 일을 계속하였다

그 결과
해와 달 그리고 별이 다시 나타나게 되었고
세상도 다시 따뜻하게 되었다

악신은
거대한 오리가 내뿜는, 커다랗고 뜨거운 불기둥을
피하지 못해
살을 데이고 몸 곳곳에 크게 상처를 입었으나
곧 복수를 꿈꾸었다

그 일을 하느라
온 힘을 다한 오리는
그 후로
납작해지고 길어진 입과
세 잎의 평평한 나뭇잎 모양으로 눌린
발을 갖게 되었다

너야
인간 몇몇은
빙하기가 다시 온다고 해도
살아남으리라
어디선가 폭발하는 화산의 열기로
굳어가는 몸을 녹이리라
또
인간 몇몇은
여기저기 폭발하는 화산 천지 속에서도
멸절되지 않으리라
어디선가 밀려드는 빙하의 차가움으로

익어가는 몸을 식히리라
그러나
너야
너는 남아 있게 되느냐
기후 변화의 끝에서도,
화석 연료의 과다한 사용 후에도,
이산화탄소의 높은 농도 속에서도
너는 숨을 쉬게 되느냐
녹아 무너져내리는 빙하로
갑자기 몇 십 미터 높아진 해수면 위에
여전히 서 있을 수 있느냐

21 세 번째 전쟁

악신은
결코 사라지거나 죽지 않았다
커다란 오리가 내뿜는 불길에 의해
아홉 개의 머리와 여덟 개의 팔,
몸통에 입은 상처들에서
그리고
상처에서 떨어져나간 살덩이들로부터
오히려
수많은 악신을 만들어 냈다

상처 입은 악신의 눈에서도
귀에서도
심지어 땀구멍에서도
작은 악신들이 생겨 나와서
개미나 벌 떼처럼
또다시
마고신을 공격하였다

마고신이 악신의 뿔에 찔리고
밤하늘에서는 유성이 땅에 떨어지고

낮하늘에서는 흰 구름이 피어나지 못했다
아랫몸신도 역시 악신의 뿔에 찔렸다

마고신이
일찍이 만물을 만들 때
만물을 탄생시키는 일에 도움을 받을 목적으로
여러 신을 창조했는데
그중에 딸처럼 생각하고 태어나게 한 여신으로
바람의 여신이 있었다

그리고 아랫몸신의
거대한 몸 안의 바위 속에는
불을 관장하는
불의 여신이 살고 있었다

악신이 만들어낸 수많은 악신의 난동으로
마고신과 자매신들이 큰 곤경을 당하고
상처를 입고
세상이 크게 혼란해진 것을 보고는
돌 속에서 사는
불의 여신이
바람의 여신에게 청하여
수많은 돌과 바위들을 센 바람으로 날려
악신 쪽으로 빠르게 날아가게 하였다

악신은

득의만만하던 중에

하늘 가득히 거세게 날아오는

큰 돌들과 바위에 맞게 되었고

도저히 대항할 수가 없어서

급히

땅속으로 파고들어 가 피신할 수밖에 없었다

너야

안 좋은 생각은 꼬리에 꼬리를 물고

새끼에 새끼를 치니

늘 자기의 생각을 점검해야 한다

좋지 않은 생각은 사소하더라도 그대로 두면

커다랗게 자라나서

모든 생각을 차지할 수 있으니

너야

이 순간의 네 생각만을 믿지 말고

조금 후에 너에게 다가올 네 생각도 지금

들여다보아야 한다

자연을 보라

고요히 생각을 모으는 일에 전부를 걸고

다만 운율에 맞추어 소리 없이 몸을 바꾸는

자연에서 배우라

자연은 결코 좌절하는 법이 없다
어떠한 환경에서도 포기하지 않고
자연의 생명들이 새끼를 낳고
또 그 새끼가 새끼를 낳는
건강한 생명력을 보라
자기를 파괴하는, 좋지 않은 생각 같은 것은
멀리하고
생명을 구가하는 것에만 집중하는
아름다운 자연의 리듬을 보라
영원히 허물어지지 않는 자연의 위용을 보라

22 네 번째 전쟁

불의 여신의 계획에 따라
바람의 신이 거세게 날린
돌과 바위를 피해
악신이
땅속으로 도주한 후
하늘이 다시 광명을 찾고
세상이 평화로워졌다

한동안의 평화 끝에
악신이
다시 마고를 쓰러뜨릴 목적으로
마고신에게 또 내기를 걸었다

공중을 날아가 먼저 목적지에 도착하면
이기는 것으로 하자는 것이었다
그리고
이번에 자기가 지게 되면
마고신에게 항복을 하고
마고의 성실한 심부름꾼이 되겠다고 하였다

악신을 굴복시켜서
세계를 평온하게 만들고 싶은
마고신은 그 제안을 받아들였다
시합이 시작되었는데

악신은
마고신의 눈에 뜨이지 않을 목적으로
곧바로 흰빛으로 변했고
쏜살같이 날아가
마고신의 시야에서 사라졌다

마고신은
자신의 몸에 깃들어 있는
신비로운 빨주노초파남보 일곱 가지
무지갯빛으로
악신이 사라진 방향의
하늘을 비추어
그 빛에 비쳐 보이는 악신을 뒤쫓아갔다

스스로 생육할 수 있는 악신은
자신의 모습을 들키자
날아가면서도 많은 악신을 만들어내어
같은 모습의 수많은 악신이
함께 하늘을 달렸다

수많은 악신이 날아가고 있어서
마고신은
원래의 악신을 찾아낼 수가 없었다

마고신은
다만 맨 앞에서 날아가는
흰빛의 큰 머리 악신을
원래의 악신이려니 여기고
그 방향으로 열심히 쫓아갔다

그러다가 그만
마고신은
두터운 흰 안개 속,
커다란 설산에 몸이 깔리게 되었다
흰 안개와 흰 설산은
악신이 자신이 변할 흰빛과 같은 빛깔로
미리 설치해둔 함정들이었다

다행히
마고신이 깔린 설산 밑의
돌무더기에는
아랫몸신의 몸속에 있는 돌과 바위에서 사는
불의 여신이 있었다

불의 여신의 도움으로
마고신은
몸을 따뜻이 녹일 수 있었고
뜨거운 돌들을 많이 삼켜서 허기를 달랠 수 있었다

배를 채운 돌 안에
불의 여신이 들어 있었으므로
마고신의 배 속에서
맹렬하게 열을 뿜어내었다

마고신은
숨을 내쉴 때마다
솟구치는 불길을 뜨겁게 토해낼 수 있었으며
강렬하고 뜨거운 열과 힘으로
단숨에 설산을 녹였고

녹아 뚫린 구멍을 통하여
마고신은
깔려 있던 설산에서 벗어나
다시 하늘로 날아가게 되었다

악신은
마고신이 내뿜는 불길의

강렬하고 뜨거운 힘에 놀라서
멀리 피하는 수밖에 없었다

몸 안에 삼킨 뜨거운 돌의 불길에
마고의 몸도 일부 녹아서
눈이 조금씩 떨어져나와
하늘에서 또 다른 해와 달이 되었고
머리칼은 숲이 되었으며
땀은 시냇물과 강물이 되었다

이처럼 시내와 강은
여신 마고의 오줌뿐 아니라
여신의 땀이 흘러서 만들어지기도 하였다

높고 차가운 설산에서 시작된
불길 치솟는 싸움에
공중과 하늘까지 전쟁터가 되어서
그때까지 공중에서 살던, 많은 곤충과 뱀들이
하늘에서 땅으로 떨어졌다

그래서
이들은 따뜻한 햇볕이 있는
봄이나 여름에는 땅 밖이나 공중에서 활동하다가
산들이 설산이 되는 추운 겨울이나 캄캄한 밤에는

땅굴로 들어가 잠을 자게 되었다

공중을 날아가는 시합에서
힘든 일을 당했지만
마고신은 잘 이겨냈으며
겪은 어려움의 고통을
오히려
많은 물상이 생겨나게 하는 훌륭한 기회로 삼았다

너야
독불장군으로 살아갈 수는 없다
헤쳐나가기 힘든 일이 닥칠 때면
주위를 둘러보라
도움을 줄 사람이 없는 것 같아도
반드시 너를 도울 사람은 있다
멀리
가까이
손을 뻗어 도움을 요청하라
네가 겪는 그 일은
모든 사람이 이미 겪었고
지금도 누군가와 동시에 같이 겪는 일이다
오히려 그런 일들로
이 세상은 좀 더 강하게 유지되어간다
그런 일들로 새로운 것들이 만들어지고

역설적으로 이 세상은 좀 더 풍요로워진다

너여

막다른 골목이라고 생각되어도

고개를 쳐들어 보라

푸른 하늘이 빙긋이 웃으며 너를 바라보고 있다

빛나는 별들이 초롱초롱하게 너를 바라보고 있다

가까이

멀리

너를 따뜻하게 바라보는 눈빛들이 있다

포기하지 말고

손을 뻗어

다른 손을 잡아라

어려운 시간이 마주 잡은 손들을 피해 지나가게 하라

23 다섯 번째 전쟁

마고의 윗몸 살덩이로 만들어진,
천공과 별자리를 다스리는 윗몸신은,
궁희라고도 후에 부르게 되는 신은
아홉 개의 머리를 새로운 별자리로 만든
악신의 변장술에 속아
별들이 들어 있는 자작나무 주머니를 빼앗기고
땅속으로 끌려 들어가는 일을 겪은
첫 번째 전쟁 후
기운을 많이 잃었다

마고신은
세 마리의 새를 보내서
윗몸신을 위로하였다
밤이면 부엉이,
아침에는 기러기,
저녁 무렵에는 까마귀가
하늘을 바라보며 울도록 하였다
윗몸신이
그 소리를 듣고
힘을 낼 수 있도록 하였다

땅을 관장하는 아랫몸신의 가슴 속에는
등불을 밝히는
등불 여신이 살고 있었는데

아랫몸신은
자기 가슴 속에서 사는 등불 여신을
전쟁의 후유증에 시달리고 있는 윗몸신에게 보내
힘을 잃은 윗몸신 때문에 어두워진 하늘의 길들을
윗몸신이
다시 밝히게 하였다

밤하늘의
마른 벼락과 운석은
하늘의 별을 다스리는 윗몸신에게
등불 여신이 가고 있을 때 나타나는
등불 여신의 자취였다
마른 벼락은 등불 여신의 그림자였고
운석은 등불 여신의 발에서 떨어진 흙이었다

또다시
악신이
땅과 하늘 곳곳에서
다섯 번째로 전쟁을 일으켜

막무가내로 폭력을 행사하는 난동과 행패를 부려서
하늘과 땅을 난장판으로 만들고
세상을 여지없이 빛이 없는 암흑으로 만들었다
자기가
승리했다고 생각하고
거들먹거리다가 어디론가 사라졌다

그 후
등불 여신은
늘 그래왔듯이 별자리 여신을 도와
어두운 하늘의 길을 밝혀서
별자리 여신이
다시 별을 배치하게 하였고
자기의 빛나는 등불 같은 머리칼을
허공에 던져
스스로 반짝이는, 찬란한 여러 별자리들을
새로이 만들기도 하였다

별자리 여신을 돕는 일에
가지고 있던 등불의 힘을 다 사용해버린
등불 여신은
결국 남쪽 하늘의 삼형제별°에 하얀 돌°로 매달려
희미하게 가물거리게 되었다

별자리를 관장하는 윗몸신의
자작나무 껍질로 된 별자리 주머니 속에는
주머니 속을 관리하는
별자리 주머니 여신이 살고 있었는데

별자리 주머니 여신은
온몸을 다하는 등불 여신의 분투를 알고 난 후
자기도 가만히 있을 수가 없다고 생각하고
스스로 수백 수천 개의 작은 별로 변하여
하늘 전체에 퍼져
악신에 의해 암흑으로 변한
하늘을 밝혀주었다

그러나
수백 수천 개의 작은 별로 하늘 전체에 퍼져
하늘을 밝히던
별자리 주머니 신도
전쟁의 막바지에 하늘을 떠나가던 악신에 의해
납작하게 눌리어
긴 숟가락 같고
길게 흐르는 강 모양 같은 별무리가 되어버렸다

그렇지만 지금까지
별자리 주머니 신은

밤하늘의 별들을 영도하는 영원한 별신으로
밤하늘의 가운데를 흐르는
찬란한 은빛 별강으로 영원히 남았다

너야
아름다운 것은
모두 숨겨진 이야기를 가지고 있다
네가 지금 아름답다면
너는 아직 말하지 않은 이야기를 가지고 있는 것이다
너야
밤하늘 별이,
봄꽃이,
저녁노을이 아름다운 것은
그것에 숨겨진 이야기가 깃들어 있기 때문이다
네 이웃이,
먼 곳의 어느 사람이 아름다운 것은
별과 꽃 그리고 노을이 아름다운 것과 그 이유가 같다
너야
세상을 위해 무엇인가를 이루는 과정은
아름답다
네가 아름답다면
지금 너는 세상을 위해 무엇인가를 헌신하고 있는 중이다
이야기 속에 있는 것이다
이야기가

작고 큰 것이나
적고 많은 것은 인간의 계산일 뿐이다
신비와 영원한 시간이 지배하는 이곳에서는
이야깃거리가 없이 살아가고 있는 것 같아도
현재를 살아가고 있다면
그것만으로도 세상을 위해
너는 지금 중요한 무엇인가를 하고 있다
소중한 이야기를 창조하고 있다
너는 이야기 속의 진정 아름다운 주인공이다

◦ 오리온자리의 가운데에 있는 별. 겨울철에는 남쪽 하늘에서 볼 수 있다.
◦ 오리온자리의 삼형제별 주변에 분포하는, 육안으로는 희미하게 보이는 오리
온 대성운으로 추정한다.

24 여섯 번째 전쟁

맨 먼저 태양이 떠오르는
동방의 높은 하늘 위의 한쪽에 푸른 하늘 풀밭이 있었고
마고신의 살 중에서 제일 향기로운 살덩이가 변해서 된
한 여신이 살고 있었다
이 여신은 항상 푸른 하늘풀밭의 모습으로 있으면서
동쪽 하늘에서 향기로운 구름을 만들며 지냈다

푸른 풀들과 갖은 짐승들 그리고 온갖 나무들이
번성해 있고
맑은 하늘에는 하얀 구름이 향내를 날리며 떠 있으며
청신한 향기가 가득 찬 곳이었다
마고가 특별한 마음을 가지고
스스로의 향기로운 살덩이로 만든 여신의 몸이었다

동쪽 하늘을 담당하는 동쪽 바람의 여신이
항상 큰 날개로 날갯짓하여 하늘의 풀밭을 지켜주었고
햇빛은 찬란히 빛났고
온갖 새들은 향기를 풍기며 노래하였다

악신은

자기가 전쟁에서 이겼기 때문에
세상이 모두 암흑인데
동쪽 하늘 한쪽만 아름다운 별천지로 남아 있는 것을 보
고서
크게 화가 났고
그곳이 마고신의 피난처인 것을 알고서는
바로 쳐들어갈 계획을 세웠다

그곳에 들어가기 위해
악신은
우선 거위를 모는 노파로 변장을 하였다

악신은
동쪽 하늘의 풀밭을 지키는 동쪽 바람 여신의
날갯짓으로 나오는 힘센 바람으로부터
머리칼과 눈동자, 얼굴을 보호하기 위해서
머리에는 수건을 감았고
살금살금 걸어서 동쪽 하늘의 풀밭에 접근하였다

악신은
예상과는 달리 손쉽게
동쪽 바람 여신에게 들키지 않았고
동쪽 하늘의 아름답고 드넓은 풀밭에 있는
시냇가에 어려움 없이 도착하였다

웬일인지
거센 바람이 불지 않았기 때문에
아무런 방해 없이 침투할 수 있었다

그 후 곧바로
악신은
세 마리였던 거위를 순식간에 수없이 불어나게 해서
푸른 풀밭을 꽥꽥 소리와 함께
하얗게 덮어버렸다

갑자기 일어난 이 무서운 현상은
한순간 거대한 눈사태가 일어난 것과 같았다

노파로 변장한 악신이 들고 있는
지팡이는
원래 악신의 흉악하고 거대한 뿔이었는데
아주 커다랗고 강한 곡괭이로 변하여
깊고 커다란 골짜기를 팠으며
그곳에 푸른 풀밭의 모든 아름다운 것들을
한꺼번에 처넣어버렸다

잠을 자고 있던
마고는 갑자기 들리는 큰 소리에 놀라 깨어났고

흰 거위가 변해서 된 거대한 흰 그물에
자기의 온몸이
꽁꽁 매여 있는 사실에 깜짝 놀랐다

마고신은
사로잡힌 그 상태로
곧 악신의 뿔인 노파의 지팡이에 찔리어
상처투성이가 되었다

어이없이
전쟁에서 지고 말았다

이렇게 전쟁에서 패배한 이유는
동쪽 하늘의 아름다운 여신을 지키는 일을 하는
동쪽 바람의 여신이
마침 깊은 잠에 빠져 있어서
마고신을 보호하지 못했기 때문이었다

너야
삿된 생각은
어떻게라도 침투한다
너야
잠시라도 틈을 보이면
합당치 않은 두려움과 과도한 욕망은 파고든다

좋지 않은 생각들은 눈덩이처럼 불어난다
한눈을 팔면
그것은 눈사태와 같고 지진과도 같이 너를 삼킨다
너야
항상 정심正心과 양심을 지닌 채
정신이 늘 깨어 있어야 한다
마음의 균형과 조화를 잃지 말아야 한다
헛된 욕심과
괜한 두려움에
너와 세상의 평화를 빼앗기지 말아야 한다

25 일곱 번째 전쟁

마고신이
악신의 흰 그물에 갇히고 상처를 입자
천지가 흔들리고 무너졌다
하늘이 암흑이 되었다
신비로운 뭇 생명이 수없이 죽어갔다

남아 있는
자매들인 윗몸신과 아랫몸신도
어쩔 줄을 몰라 했다
한 신이 죽게 되면 나머지 두 신도
뒤따라 죽기 때문에 더욱 당황하였다

위기의 시간이 흐르는데
마고신의 눈물방울이 변해서 된
눈물 시냇가 여신들이
결정적인 도움을 주었다

눈물 시냇가 여신들은
하늘의 시냇가에서 살면서
마고의 눈을 보호하는 일을 하면서

해와 달을 지키고
우주와 대지에 맑고 밝은 빛을 비추어
따스한 온기를 보내주는 일을 하는 신들이었다

눈물 시냇가 신들은
몸은 작고 말랐으나
가진 힘은 다른 보호신들보다 훨씬 더 강했다

마고신을 구하기 위해
악신의 눈에 뜨일 목적으로
눈물 시냇가 여신들은
신비롭고 아름다운 순백색의 별함박꽃으로 변해서
강한 향기를 뿜으며
암흑 속에서 반짝이는 빛을 뿌려댔다

악신은
암흑으로 캄캄한 하늘에서 반짝거리는 작은 꽃 무리들이
신경이 쓰여서
꽃들에게 다가가서
이 신기한 꽃들을 꺾었고
그 순간
바로
모든 별함박꽃들이 날카로운 빛 화살로 변해
악신의 눈을 정통으로 찔러버렸다

악신은

너무나도 아프고 고통스러워서

고함을 내지르면서

아홉 개의 머리를 싸매 쥐고

정신없이 땅으로 떨어져

땅굴 속으로 도망을 갔다

눈물 시냇가 여신은

원래는

하얀 빛 바늘로 무장한

고슴도치 여신이었는데

생명을 지닌 만물의 혼백을

보호하고 숨겨주는 일을 하였다

눈물 시냇가 여신의 빛나는 옷은 모두

해와 달의 새하얗고 강렬한

빛으로만 짠 것이어서

그것을 바라보는 생물들과 악신의 눈을

단숨에 멀게 할 수 있고

색깔도 구별할 수 없게 할 수 있었다

후세 사람들이

창문에 흰 종이꽃을 오려 붙이거나

누군가가 죽었을 때 흰 꽃으로 치장하는 것은
흰 고슴도치 신의 하얀빛으로
악신을 쫓기 위함이었다

악신이 도망간 후
흰 거위가 변해서 된 그물에서 벗어난
마고신은
상처를 추스르고 난 후
폐허가 된 동쪽 하늘의 풀밭을
아름답고
향기롭게
다시 복구하였다

너야
눈물의 힘을 아느냐
스스로를 정화시키고
세상을 깨끗이 씻어내는 눈물의 강함을 알고 있느냐
역사가 앞으로 나아간다면
역사를 나아가게 하는 힘은
눈물이 주는 것이다
한 인간이 극적인 변화를 한다면
변화하는 그 지점에
눈물이 있다
참고 견디다 변화를 얻어서 흘리는 눈물

과오를 참회하는 눈물

아름다운 것에 감동하는 눈물

기쁨과 환희의 눈물

슬픔에 겨워 쏟아내는 눈물

억울해서 뚝뚝 떨구는 눈물

눈물이

눈물이

눈물이 너를 만들었고

지금도 만들어가고 있다

눈물이 이 세상을 만들었고 만들어가고 있다

눈물이 역사를 만들고 만들어가고 있다

너야

흘려라

눈물!

26 여덟 번째 전쟁

악신에게 당하고만 있을 수 없어서
마고신은
땅의 신인 아랫몸신에게
악신과 싸워 이길 방법을 생각해내라고 명령을 하였다

목숨을 가진 것들은 모두 스스로를 지키기 위한
무기를 지니는데
새는 발톱, 물고기는 지느러미,
거북과 자라는 단단한 껍질이 있고,
뱀은 허물을 벗는 기술과 풀 위를 빠르게 다니는 능력이
있고
다른 짐승들은 이빨과 발톱이 있다고
아랫몸신이 말하면서

목숨을 가진 것들의 이런 무기들 중에서
악신에게도 긴 뿔이 가장 강한 무기이므로
그 뿔을 없애버리면
악신도 힘을 잃을 것이라고
아랫몸신이
자기의 생각을 말하였다

마고신은 그 말에 동의를 하였다

악신의 뿔을 없애버리기 위해서
마고는
자신의 피부를 손가락으로 밀어서
피부의 때를 있는 대로 벗겨냈고
벗긴 때를 가지고
무수하게 많은 작디작은 신들을 만들어냈다

마고의 때에서 탄생된 신들은
몸의 크기를
자유자재로 바꿀 수 있었기 때문에
악신에게 접근하여
더욱더 작게 변해
악신의 외뿔 속
가장 깊은 곳까지 파고들었다

악신은
뿔이 있는 부위가
심하게 가렵고
머릿속이 너무나 아파서 어쩔 줄 몰라 했고
막무가내로
마고신이 머물고 있는 하늘 쪽으로

그냥 돌진해 올라갔다

그러나
곧 작디작은 때신들에 의해
뿔의 뿌리가 모두 상해버려서
모든 기운을 잃게 되었고
머리에서 뽑혀진 외뿔과
뿔을 잃어버린 악신의 몸은 지상으로
같이 힘없이 떨어져버렸다

악신의 몸과 악신의 뿔은
공교롭게 한 장소로 떨어졌는데
마침 멧돼지의 주변이었다

땅을 헤집고 흙을 파헤치던
멧돼지는
땅에 떨어진 악신을 이빨로 물려고 하였고
그 과정에서
악신의 외뿔이
바로 멧돼지의 입가에 박히게 되었다

이렇게
길고 날카로운 이빨을
새로 더 갖게 된 멧돼지는

더욱더 사납게 되었다
아주 위험한 짐승이 되었다

이때
뿔이 빠진 악신의 머리에서
흘러내린 핏물이
나무와 숲, 바위와 흙을 적셔서
그들 중 많은 것들이
그 후로 영원히 붉은색을 띠게 되었다

땅에 떨어져 있다가 정신을 추스르고
간신히 다시 하늘로 올라간
악신이
하늘 한쪽에서 심한 아픔으로 뒹굴고 있을 때
그 상황을 놓치지 않고
신성한 하늘의 숫자인 아홉 개로 뻗은
하늘길을 지키는
한 길에 서른 명씩으로 전부 이백일흔 명인
아주머니 여신들이
악신을 덮쳤다

아주머니 여신들은 오래전에
악신에게 쫓겨
지상에서 하늘로 옮겨온 신들이었고

그것 때문에 더욱 심하게 악신에게 달려들었다

악신은
크게 놀라서
아주머니 여신들을 피해
검은 바람을 타고
땅으로 내려가 큰 강의 밑바닥으로 도망을 하였고
작은 꼬부랑 뱀으로 변신을 해서 숨었다

그러나
아홉 개의 하늘길 중 한 길의 여신인
어미 물고기 아주머니 여신이
바로 쫓아와서
큰 잉어로 변신하여
악신이 변해서 된 작은 꼬부랑 뱀의 꼬리를 물었다

악신은
아픔에 놀라서 몸을 크게 꿈틀거렸고
그 때문에 강물이 아주 탁하게 소용돌이쳐서 흙탕물이
되었다
악신의 강한 몸부림에
큰 잉어가
물었던 꼬리를 놓아버리자
악신은

순간 악한 바람으로 변하여
허공으로 날아가 쉽게 찾지 못할 곳으로 도망을 하였다

전쟁이 끝이 났다

어미 물고기 아주머니 여신은
이 일로 큰 공을 세웠으므로
물고기 잉어별이 되어
천공에서
지금까지 빛나고 있으며 아직도 악신을 찾고 있다

이때부터 잉어들은 깊은 물 속에서 살면서
뱀의 꼬리를 닮은 풀뿌리를 먹는 것을 좋아하였고
탁한 흙탕물 속에서도 잘 지낼 수 있었다

너야
세상은 신성을 잃었다
욕망과 자본이
과학과 이성이라는 도구로
모든 신비와 정령들을 파괴했다
그렇지만
욕망과 자본의 소용돌이 속에서도 계속되는
죽음과 탄생은
아직도 기적이며 신성하고 신비롭다

너야

너는

알 수 없는 이유로 세상에 와서

알 수 없는 곳으로 간다

너의 탄생과 소멸은 여전히 신비롭고 신성하다

그동안에도 밤하늘의 별들은

그 자리에서 변함없이 빛나고

태양은 뜨겁게 하늘을 오고 간다

늘 그대로여서 당연한 사실 같지만

실로 별과 태양은

그들의 한없이 느린 시간과 함께

너무나도 신비롭고 신성하다

이곳에서 살아가는 것이

아주 평범하고 당연한 것 같은

너야

너를 위해서도

지구별을 위해서도

너는 존중받아야 하고

신비와 신성이

항상 충만하게 너와 함께 있어야만 한다

과학과 이성이 새 문명을 낳고 있다고는 하지만

단지 숫자로 표현될 뿐이다

신비와 신성은 그 너머에 있다

별과 해는 왜 있느냐

달과
너는 왜 있느냐

27 동쪽 바람의 여신

동쪽 하늘에 있던 아름답고 푸른 풀밭이
거위를 모는 늙은 여인으로 변신한
악신에게
처참하게 침략당하여 파괴되고
마고신이
거위가 변한 흰 그물에 갇혀
전쟁에서 패했을 때

바람의 방벽으로
푸른 풀밭을 지켜야 하는 의무를 가졌던
동쪽 바람의 여신은
잠에 빠져 쿨쿨 자고 있었다

전쟁에 진 책임을 물어
동쪽 바람의 여신을
마고와 자매신들이
하늘의 바깥으로 추방을 하였고
신의 직책도 놓게 하였다

동쪽 하늘을 지키던 동쪽 바람의 여신은

이때부터
착한 신으로서의 모습을 잃고
악신 일당의 무리 속으로 들어가
거친 폭력성을 가진 야만스러운
악신으로 변하였다

방탕하였고
천지간을 제멋대로 내달리며
산도 땅도
들도 허공도 뒤흔들어
만물에 커다란 해가 되었다

너야
바람이 너다
부드러운 봄바람일 때도 너이고
사나운 돌개바람일 때도 너다
메마른 높새바람일 때도 너다
언제라도 부인해서는 안 된다
바람이기 때문에
살랑거릴 수도 거칠 수도 있다
폭풍이었던 때의 너를 외면해서는 안 된다
똑바로 바라보고
마음속 폭풍이 일어났던 곳을 다독거리고
쓰다듬어야만 한다

폭풍 대신에 미풍이 피어날 수 있도록
그곳의 너를 불쌍하게 여기고
끌어 안아주어야 한다
어느 날엔가
폭풍이 솟구쳐 피어나던 그 자리에
한없이 평화로운 고요가 놓이게 되는 것을
꿈꾸고
소원하여야만 한다

28 영원한 시간의 별

악신은
어미 물고기 아주머니 여신에게 꼬리를 물린 후
악한 바람으로 변하여 도망을 치면서
자기편이 된, 거친 동쪽 바람 신의 도움을 받았다

악한 동쪽 바람 신은
악신을 돕기 위해
거세게 휘몰아치면서
천지를 어둡게 만들었고
야만스러운 그 행동에 자극을 받은
악신도
제 모습이 보이지 않도록
세상의 밝은 빛들을
자기의 배 속으로 모두 삼켜버렸다

천지는 다시 암흑이 되었고
미친 듯이 폭풍이 불고
흙모래가 사납게 휘날려서
하늘을 지키는 이백일흔 명의 아주머니 여신도
도망치는 악신의 뒤를 도저히 쫓지 못했다

마고신은
사라진 악신이 다시 침범할 것에
대비해서
하늘의 아홉 갈래 길 중 한 길의 신인
우레와 눈을 품은 구름의 어머니 여신에게
영원한 시간의 별로
변하라고 하였다

시간이 흐르는 것을 혼동한 악신이
갈피를 잡지 못하고 당황하여
허둥지둥하게 되리라면서
마고신은
영원한 시간의 별이 되어
항상 자신을 보좌하면서
무궁하게 반짝이고 있으라고 하였다

만약 전쟁이 시작되면
악하고 거친 동쪽 바람의 신마저 데리고 있는
악신이
더욱 포악한 폭풍이 되어
모든 것을 파괴할 것이기 때문에
우레와 눈만을 거느린 구름의 여신은
자기가 그것을 이겨낼 수가 없고

하늘의 자기 자리에 자기의 모습으로
끝까지 있을 수가 없으리라고 판단하였다

우레와 눈을 품은 구름의 여신은
마고의 명령을 받아
영원한 시간의 별로 변화하는 것은
당연하고 어쩔 수 없는 일이라고 생각하였다

우레와 눈을 품은 구름의 여신은
위대하고 영원한 시간의 어머니별 신으로
변하였다
직무에 충실하였고
마고신의 자매신인 윗몸신의 수하로서
밤낮으로 시간을 계산하여
선한 신들이 악풍 속이거나 어두운 밤일지라도
그때의 시간을 알 수 있게 하였다

구름의 어머니별 신이 수많은 별들 사이에서
시간의 별로
영원히 흐르는 시간 속에 자리 잡고 있었기 때문에
악신은
영원 속을 뒤지거나 영원을 따라잡을 수가 없고
영원을 이해할 수도 없어서
도저히 영원한 시간의 별신을 잡지 못했다

그리고 알아보지도 못했다

악신은
영원히 시간을 정확하게 분별할 수 없었고
마고신처럼 시간 속을 자유롭게 나다닐 수가 없었다

너야
너는
지금 영원한 시간 속에 있다
그러므로 진정한 너의 모습을
누구도 알아볼 수 없고
찾을 수 없다
심지어 너 자신도 네 진실한 모습을
알지 못한다
너야
너는 지금 결코 유한한 삶을 살고 있는 것이 아니다
순간순간
언뜻언뜻 비치는 완전한 고요를,
모든 것이 멈춘 듯한, 완벽한 평온을
네가 느낄 수 있다면
시간이 멈춘 듯한 그 속에
영원이 있다
영원의 신비가 있다
너는

그 순간

너의 시간 속의 영원과 같이 있다

너야

너는 찰나 찰나마다 영원을 살고 있고,

신성한 시간의 동반자이면서

영원한 시간의 별이다

너는

결코 시간의 조각난 파편으로

이 세상에 내던져진 것이 아니다

29 불돌, 하늘나무, 아주머니 여신들

바람의 신 중에는
동쪽 하늘의 푸른 풀밭을 지키다가
잠이 들어 임무에 실패한 후
거친 남성성을 가진 악신이 된
동쪽 바람의 신도 있지만

다른 쪽의 하늘과 땅에는
선한 바람의 여신이
항상 머물고 있었다

악신이
북쪽 방향에서 또다시 기웃거리는 것을
알게 된
선한 바람의 여신이
크고 작은 돌을 세차게 날려
악신을 물리친 후
북방에는
돌들이 높이 쌓여 산이 된 커다란 돌산과
바윗돌이 가득한 바위 계곡이 많이 생겨나게 되었다

마고신이

악신을 물리칠 일로 골몰할 때

불의 여신이 마고신에게

불을 품어 많은 힘을 지닌

불돌을 많이 먹고서 몸을 강하게 하라고 하였다

불의 여신이

그녀의 시녀들인

흰가슴새와 흰목큰부리새를 동해에 보내어

채색 불돌을 물어오게 하였다

새들은

돌아오는 길에는

동쪽 하늘에 높이 솟은 가지가 아홉 개인 신성한 나무 위

에서

언제나 앉아 쉬면서

악신의 동정을 살폈다

신성한 나무는

천년 소나무,

만년 자작나무,

만만년 박달나무,

하늘과 땅이 열릴 때의 옛 나무인

느릅나무와 버드나무였다

특히
잎이 긴 버드나무는
인간의 말을 하고
인간의 성품을 가졌다
사람을 양육하고
물을 길어서 벌레와 개구리들을 살게 했다
하늘의 일과 땅의 일에 통달하여
하늘나무라고 불리웠다

하늘나무는
하늘에 있는 하늘다리를 건너다니는데
하늘다리 길은
신성한 하늘의 수이면서
많은 수를 나타내는
아홉 개의 갈래로 나뉘어져 있었다

아홉 갈래의 하늘길에는
각각 하늘의 신들이 살고 있었는데
모두 지상에서 악신에게 쫓겨 하늘로 온
아주머니 여신들이었다

한 하늘길마다
세 명씩 열 무리로 서른 명의 아주머니 여신들이

맑은 구간의 한 하늘길을 지켰다
아주머니 여신들이 지상에서 왔기 때문에
지상 세상의 완전수인 3이 사용되어
세 명씩 서른 명이
하늘의 숫자인 아홉 개의 하늘길을 지켰다

우레와 눈을 품은 구름의 신, 빛나는 냇물 신, 어미 물고기 신,
긴 날개 하늘새 신, 짧은 날개 땅새 신,
통통한 다리 물새 신, 해맞이 뱀고슴도치 신,
백 가지 짐승 금빛 동굴 신, 버드나무 함박 은꽃 신들이었다

아주머니 여신들이
서른 명씩 아홉 하늘길에서
하늘 전체를 의미하는 하늘의 이백일흔 곳을 모두 지켰다
그 여신들 곁에서
여전히
마고신과 두 자매신이 최고의 신으로 함께했다

너야
별이 이야기한다
잘 있냐고
나무가 말을 건넨다
행복하냐고

새들이 묻는다
함께하고 싶냐고
너야
우리는 원래 새였고
나무였고 별이었다
그러므로 대답하자
별에게
나무에게 새에게
뭐라고
뭐라고
대답을 하자

30 샛별 여신과 해맞이 매 별신

마고신은
다시 한 번 자신의 몸에서 피부의 때를 벗겨
쥐별신이라고 불리는
샛별 여신을 새롭게 만들었다

샛별 여신은
암흑 속을 쥐처럼 뚫고 다니면서
길을 내었다
새벽이 오기 전이어서
아직은 어두운 밤하늘에서
태양 빛이 잘 찾아오도록
길을 뚫어 태양을 인도하였다

여명이 오기 바로 직전까지도
샛별 여신은 부지런히 일을 하였다

마고신은
여명 전의 어둠을 틈타
악신이
또 행패를 부릴까 걱정되어

마침 자기 곁에 있던
귀가 세 개이고 눈이 여섯이어서
신령스러운 매의 모습인 짐승에게
명령을 내려
머리는 북쪽으로 두고
다리는 남쪽으로 향하고서
하늘 가운데에 영원히 가로누워 있으라고 하였다

하늘 가운데서
여섯 개의 눈을 부릅뜨고
세 개의 귀를 활짝 열고
악신의 종적을 찾도록 하였다

매의 모습인 신은
강한 날개를 지니고
쉽게 날아서 위치가 바뀔 수 있었기 때문에
윗몸신의 왼발에 스스로를 묶고서
마고신의 명령을 따르게 되었다

태양이 온 하늘을 비춰서
별빛이 사그라들면
그제야
게으름을 모르고
태양을 사랑하는

충실하고 신령스런 매의 모습을 한 짐승은
중천에서 사라져갔다
그래서 이름을 해맞이 매 별신이라고 하였다

너야
밤도
낮처럼 많은 이야기를 품고 있다
별들이 그 주인공이다
너야
밤의 한가운데에서 무엇인가를 꿈꾸며
열심히 집중하는
너도 밤의 주인공이다
너도 반짝반짝 빛나고 있다
그러므로
너도 별이다
어둠을 신비롭게 빛나게 하는
무궁한 이야기 속에 네가 있다
너는
하늘을 만들고
우주를 꾸미는 주인공이다

31 아홉 번째 전쟁 시작 전

악신은
여러 번의 전쟁 때마다
끝에 가서는 결국 좋은 성과를 얻지 못하게 되자
거친 동쪽 바람 신을 시켜
마고와 일대일로 겨뤄보자는 제안을 하였다

누구의 도움도 없이 맞붙어
이긴 자가
천지를 지배하기로 하자고 하였고
승리자가 만물을 다루고
만물의 창조와 번식도 주관하자는 것이었다

마고신은
하늘을 관리하는 자매신인 윗몸신과 상의를 하였다

윗몸신은
싸우는 동안에는 일대일 싸움이니
자기가 직접 도울 수가 없으니
싸움이 시작되기 이전에 많은 별을 모아서
별들로 차곡차곡 벽을 쌓아

별 방벽을 길게 세워놓겠으니
싸우다 지치면
그 별 방벽 뒤에 몸을 숨기고
그곳에서 몸을 회복하고 다시 싸우라고 하였다

윗몸신은
계속해서 또 계획을 말하였다

멀리서 자기 몸의 은빛 날개로
마고신이 가는 길을 밝혀주겠으며
별무리를 모아
큰 산과 깊은 골짜기를 만들어서
악신이 위력을 잘 발휘하지 못하게 하고
악신이 도망칠 때 쉽게 달리지 못하게 하겠다고 말했다

마고는 그 말을 듣고
매우 기뻤으며
악신과의 대전쟁을 시작하기로 하였다

너야
실패했을 때
그것을 견디어내고 있다면
이미 실패가 아니다
너야

실패의 반대는 성공이 아니다
실패의 반대는 견디어내는 것이다
실패에 대해서는
견디어낸다는 것이 성공이다
삶도 견디어내는 것이다
생로병사를 견디는 것이다
그러므로
살고 있다면 누구나 성공을 한 것이다
비록 늙고 병들어 있다고 해도
지금 견디어내고 있기 때문에
성공 중에 있다
너야
부와 권력 그리고 명예가
진정한 성공이 아니고
삶을 견디어내는 것이 성공이다

32 아홉 번째 전쟁의 시작과 참상

싸움이 시작되자
땅이 흔들리고
별들이 자기 자리들을 잃었으며
별과 별이 부딪치면서
커다란 소리와 함께 번쩍이는 폭발들이 일어났다

악신이
검은 바람과 독한 물을 끊임없이 뿜어내어
천지는 어두워졌고
돌과 바위가 우박처럼 쏟아졌으며
만물이 상하였다

나무 중에는
오직 물가에 사는 버드나무와 느릅나무만이 살아서
그 나무들의 후손이 지금까지 남아 있게 되었다

모든 짐승들은
몸 크기를 작게 하여
바위틈과 쌓인 눈 속에 몸을 숨겼다

특히 큰 동물들과 큰 새들은
악신의 악마와 같은 거친 폭력이 두려워
스스로 몸 크기를 줄여서
작고 민첩한 자식을 낳았고
그 크기로 후대를 번식시켜
지금까지 나무숲과 풀숲에서 살아가게 하였다

너야
싸움은 작거나 크거나 상관없이
전체에 영향을 미친다
너의 전체가 이 세상이라면
너의 사소한 싸움도
이 세상에 확실한 영향을 준다
너의 전체가 이 우주라면
너의 작디작은 싸움도
이 우주에 선명한 영향을 준다
별들이 울고
짐승과 벌레가 슬퍼하고
오직 시원의 나무인 버드나무와 느릅나무만이
가만히 바람에 흔들리며
싸움이 잦아들기를 기다린다
너야
너는 세상의 맨 처음부터 지금까지 있어왔으며
지금에 이르러 그 모습을 가졌다

너는 세상의 맨 처음부터 지금까지
세상을 만들어왔다
너는 지금 우주 자체이다
너의 작은 싸움이 우주 전체의 싸움이다
너의 작은 승리가 우주 전체의 승리이다

33 아홉 번째 전쟁에서 활약한 여신들

먼저
눈물 시냇가 고슴도치 여신이 있다

이 신은
지난번 동쪽 하늘의 푸른 풀밭에서 벌어진 전쟁에서
큰 공을 세웠기 때문에
마고신이 그녀에게 신의 여러 위력을
더 갖게 해주었다

그녀는
더욱더 날카롭고 눈부신 빛의 옷을 걸치게 되었고
더욱 위대한 신의 능력과 품성을 지니게 되었다
공격과 수비 그리고 전진과 후퇴를 더 잘할 수 있었고
재빨리 숨었다 나타날 수 있었으며
쉽게 몸을 늘이고 줄일 수도 있었다
몸을 둥그렇게 해서 뒹굴 수도 있었고
발로 걸을 수도 있어서
그 위력이 천하무적이었다

이 전쟁의 초기에

악신을 심하게 괴롭히는 역할을 멋지게 해내었다

그다음 신으로는
마고의 자매신인 윗몸신의 한쪽 다리가 변해서 된
키가 커다란 여신이 있다

이 신은
키가 하늘에 닿을 만큼 컸고
자태가 아름다웠다
하루 내내 바람과 구름을 쫓아다니는 것을
즐겼는데
그녀가 서 있으면 아무리 높은 하늘이라도
그녀의 어깨를 넘지 않았다
바람과 별을 먹고 사는 이 신은
하늘 속의 아주 작은 변화라도 다 알 수가 있었다

하늘을 담당하는 윗몸신의 명으로
이 전쟁에서
높은 곳에서 전세를 살피는 역할을 하였고
그 임무를 훌륭하게 수행하였다

또 다음 신으로는
마고신의 자매신인 땅을 관장하는 아랫몸신의
자궁 살덩이가 변해서

아랫몸신의 딸신으로 태어난
엄청나게 힘이 센 힘장사 여신이 있다

이 힘장사 여신은
머리가 네 개, 팔은 여섯 개, 다리는 여덟 개를 가졌고
키 큰 여신과 마찬가지로
그 키가 하늘에 닿았지만
그녀는 하늘 쪽이 아니라 땅 쪽을 담당하였다
땅에서 하늘까지의 아홉 천궁 중에서
땅 쪽의 아래쪽 세 층을 담당하였다

네 개의 머리는 동서남북 사방을 각각 나누어 살필 수 있
었고
여덟 개의 눈은 새나 벌레가 날아서 갈 수 없는 먼 곳까지도
볼 수 있었고
심지어 바위산의 안쪽도 꿰뚫어볼 수 있었다
여섯 개의 팔은 길고 힘이 세서
하늘을 받치기도 하였고 땅을 뒤흔들 수도 있었으며
산을 뽑아서 휘저어
나무들이 심하게 흔들리게 할 수 있었고
여덟 개의 다리로 뛰고 날 수가 있어서
천 리 밖을 나는 새도 잡을 수가 있었다
눈을 감고서도 과일을 땄고
온갖 풀을 분별할 수 있었다

이 힘장사 여신은 또한
사람의 발바닥, 들짐승의 다리,
날짐승의 발톱, 백 가지 벌레의 발이 달려 있어서
한번 뛰기 시작하면
바람보다 더 빨랐다

이 신의 모습은
형제신인 키 큰 신과는 많이 달라
옆으로 거대하게 퍼진 웅장한 몸매여서
한번 움직이면
천 리를 내달리는 커다란 바위산과 같았다

이 힘장사신이 사는 곳은
땅을 관장하는 신의 배꼽이었다
이번 전쟁에서 결정적인 역할을 하였다

너야
너는 홀로 있는 것이 아니다
눈에 보이지 않는다고
누가 네 곁에 없는 것이 아니다
네가 이 세상에 지금 와 있으니
이 세상의 지금을 지탱하고 있는
힘센 누군가가

네 곁에서 너와 함께 있는 것이다
외로워 마라
두려워 마라
서둘지 마라
너는
이 세계의 강력하고 아름다운 힘에 속해 있다
신비롭고 무한한 힘을 가진 것과
온전히 하나로 연결되어 있다
너는
봄이면 꽃이고
여름이면 하얀 뭉게구름이고
가을이면 붉은 산이고
겨울이면 하얀 눈송이이다
너는 아름답고 신비롭다
너는 완전한 너와 하나다
두려움 없이
외로움 없이 존재하는 너와 하나이다

34 아홉 번째 전쟁

전쟁을 막 시작할 때는
악신의 기습으로
땅이 흔들리고, 별과 별이 부딪히고,
하늘과 땅이 어둠에 잠기고
검은 바람과 독한 물이 하늘과 땅에 가득했으나
마고신이 힘을 내서 대항한 결과
점차 대등한 싸움을 하게 되었다

일대일로 싸움을 하는 현장과는
거리를 두고서
낮에는 태양이 악신을 강하게 비추고
밤에는 방벽을 이루고 있는
별빛들이
악신을 포위한 채
눈물 시냇가 고슴도치 여신이
은빛 옷 빛살로 악신의 눈을 찔렀으나
악신은
그 상태에서도 마고신과 격투를 지속하였다

싸움을 계속하였으나

악신은 눈물 시냇가 고슴도치 여신의 빛에 연속해서 찔린
다섯 개 얼굴의 눈이 점차 보이지 않게 되고
힘이 떨어지고 몸이 지쳐서
결국 가까운 별에 앉아 잠시 쉬면서 숨을 돌리려고 하였다

악신이 앉아 쉬려고 한 별자리는
때마침
하늘을 관장하는 윗몸신으로부터
전세를 살피라는 임무를 받은,
윗몸신의 한쪽 다리가 변해서 된 키 큰 여신의
머리였다

전세를 살피고 있던
키 큰 여신은
머리가 아홉 개인 악신이 갑자기 허둥지둥
자기 머리 쪽으로 내려오는 것을 보고는
일부러 자신의 가늘고 긴 머리칼을
활짝 펼쳤다
높고 넓은 밤하늘의 허공에
반짝이는 아름다운 별나라를 만들어서
악신이 그곳으로 내려오도록 하였다
악신을 속였다

악신이

그 별나라에 두 발을 내려놓자마자
키 큰 여신이
자신의 머리칼을 획 젖혀버렸다
악신은
그만 허공 중에 헛발을 디디게 되었고
곧바로
까마득하게 아래쪽으로 곤두박질쳐서
땅속으로 거꾸로 박히게 되었다

그런데 마침
그 땅속이 바로
땅을 관장하는 아랫몸신의 배꼽이었다

이 배꼽 안에는
아랫몸 여신의 자궁 살덩이가 변해서
그녀의 딸신으로 태어난
엄청나게 힘이 센,
머리가 넷, 팔이 여섯, 다리가 여덟인
힘장사 여신이 살고 있었다

악신은
땅을 관장하는 아랫몸 여신의 배꼽 속으로
빠져들어 갔기 때문에
바로 힘장사 여신에게 잡혔다

힘장사 여신은
여섯 개의 강한 팔로
힘껏 악신의 아홉 머리를 움켜잡았고
악신의 몸을 단단히 눌렀다
이때
악신의 피부가 깨어지고 살이 벗겨졌다

그러나
악신은
공기와 빛으로 변신하는
신의 능력을 지니고 있었기 때문에
머리가 잡히고 몸이 눌리는 순간
깜짝 놀라
형체는 보이지 않으나 악한 기운을 지닌
공기와 빛으로 변해서
부랴부랴 도망을 쳤다
아랫몸 여신의 배꼽에서 가까스로 벗어났다

너야
불행은 힘이 세다
누구와 싸움이 붙어도 쉽게 지지 않는다
불행은 마치 악마와 같은 능력으로 달라붙는다
혼자 오지도 않는다

대부분 다른 불행을 데리고 온다

너야

불행에게 싸움을 걸지 마라

다만 견디고 견디어내라

불행이 제풀에 지쳐서 사라질 때까지

불행이 허공에 발을 디뎌 뚝 떨어져 사라질 때까지

견디어내라

불행과 큰소리 내며 싸우지 말라

불행은 끈질긴 손님과 같으니

어느 날 스스로 물러갈 때까지

기다리고 기다려라

견디고 기다리는 것이

불행을 이기는 방법이다

35 아홉 번째 전쟁의 결과

악신이
나쁜 빛과 악한 공기로 변하여
아랫몸신의 배꼽에서 도망을 갈 때
힘장사신의 몸을 통과해야 했기 때문에
힘장사신의 몸에
수많은 구멍을 뚫었다
그 결과 지금도
벌집 같은 구멍들이 있는 바위들이 많이 남아 있게 되었다

악신이
악한 공기로 변하여 달아나면서
아주 나쁜 기운을 공중에 퍼뜨려놓았다
그 악질 기운이
설사병과 돌림병으로
인간 세상에 남아 큰 해악을 끼쳤다

힘장사신에게 악신이 잡혀 눌리면서
뼈처럼 단단한 악신의 겉 피부가
조각나 떨어져서
거북과 대합 그리고 거미의 신으로 변해

강과 골짜기 그리고 숲속으로 기어들어 갔다

거북의 등껍질과 대합의 뚜껑 그리고 거미줄은
그 후 모두 그것들을 이용해서
점을 칠 수가 있었는데
악신의 강한 신기가 들어 있는
악신의 피부로 된 것들이기 때문이다

전쟁 중에 별강과 별바다를 이룬
하늘의 무수한 별무리는
하늘의 이 끝에서 저 끝의 지평선까지 흘러서
동서로 이어진 거대한 산맥 모양을 하게 되었고
그 누구도 그 별산맥을 넘을 수가 없었다

별산맥은
전쟁이 일어났을 때 악신을 막기 위한
장벽으로
하늘을 관장하는 윗몸신이 만들어놓은 것인데
이때부터
해와 달이 갈라져서
함께 있지 못하고 서로의 뒤를 쫓게 되었다

너야
밤하늘의 은하수에

온 마음을 띄울 수 있다면

바보라고 놀림을 받아도 좋다

밤하늘 별들에게 온 마음을 걸 수 있다면

어린아이처럼 철이 없다는 말을 들어도 좋다

신비스러움와 영원함으로

은하수는

바보라고 놀림을 받았던 자들을

현자가 되게 하였으며

밤하늘 별들은 무한함과 한결같음으로

아이와 같이 단순한 자들을

미지의 세계와 새로운 문명을

개척한 자들로 만들었나니

너야

부디 밤하늘의 은하수와 별들을 가슴에 품고서

항상 함께하라

늘 그들과 하나가 되어라

36 마지막 전쟁의 전반부 상황

지난 전쟁에서
아랫몸신 배꼽 속의 힘장사 여신에게 붙잡히는 순간
악신은
몸을 보호하는 단단한 피부 껍질 뼈가
부서지고 상하게 되었다

그 결과
몸 밖으로 뜨거운 빛을 뿜어내는 기운이 약해지고
독한 바람을 날리는 위력도 많이 사라지게 되었다
그리고
아홉 개의 머리 중 네 개의 머리에 있는 눈만이
어두운 밤을 살필 수가 있었다
햇빛도 또한 두려워하게 되었다

그러나
악한 마음과 탐욕은 사라지지 않아서
천지 만물의 주인이 되기를
다시 또 꿈꾸었다

그래서 어느 날

해와 달이 져서 어두운 밤에
하늘로 올라가서
온 힘을 다해
검고 뜨거운 바람과 불타는 독한 물을 뿜어내어
하늘과 대지를 덮어버렸다

다시 전쟁이 시작되었다

마고신이
급히 하늘에 올라가서
악신의 도발에 대해 키 큰 신의 보고를 받은 내용으로

악신이
이미
태양이 하늘에 오기 쉽게 길을 뚫는
쥐별신이라고 부르는 샛별 여신을 붙잡아버렸고
신령스런 매인 해맞이 짐승도 쫓아버렸다는 사실을
알게 되었다

그런 상황이 되니
환한 빛으로 악신을 괴롭힐 태양은
하늘로 오는 길을 찾기 어렵게 되었다

캄캄한 하늘에서

마고신이 키 큰 신의 보고를 받고 있는 틈을

놓치지 않고

악신은

급습을 감행하였다

사납게 마고신에게 달려들어

마고신을 짓눌렀으며

마고신의 몸을 보호하는 호신 의복인

아홉 돌산과

아홉 버드나무 숲 그리고

아홉 시냇물과

아홉 들짐승 뼈들을 합해서 엮어 만든

마고신의 갑옷을 찢어버렸다

마고신은

몸부림치며

악신에 대항하였으나

호신 갑옷이 상하게 되자

황급히 도망을 가지 않을 수 없었다

너야

산과 숲,

시냇물과 들짐승들은 너의 옷이다

유일한 의복이다

그들이 없으면

갖은 먼지바람과 폭풍우,
가뭄과 추위를 견딜 수 없고
살아갈 수 없다
식량을 구할 수 없고
홍수를 피할 수 없다
너야
산맥과 대지는 너의 살이고
공기와 물은 너의 유일한 피다
그들이 없으면
버틸 수 없고 살아갈 수 없다
먼 옛적에도 그랬고
먼 후일에도 반드시 그렇다
자연을 신성하게 여기고 존중해야 한다
자연을 이어받아 우리에게 넘겨준
앞선 사람들처럼
자연 앞에서 경건해야 한다
제 살처럼
제 옷처럼
자연과 하나가 되어야 한다

37 마고신의 회복

호신 갑옷이 찢어진 마고신은
황급히
여러 별신들의 보호를 받으면서
악신을 피하고자
하늘에서 가장 높은 곳인 구 층 천상으로 올라갔다

싸움으로 인한 상처와 심한 피로로
마고신은
금빛 태양강 옆에 졸도하듯 누웠다

태양강가에는
거대하고 신령스러운 나무 한 그루가
서 있었다

그리고
그 나무 위에는
아홉 색깔을 가진 신비로운 새가 살고 있었다

신비로운 새는
자신의 깃털을 뽑아

마고신의 등에 난 상처를 닦아주었고
자신의 몸에서 솟아나는 아홉 색깔의 신비한 빛으로
보호 옷을 짜서 입혀주었다
또
금빛 태양강의 금물을 입으로 길어다가
마고의 상처를 씻어주어서
회복이 빠르게 되도록 하였다

마고신은
신비로운 새가 지어준 아홉 색깔의 전투 옷을 입은 채
태양강 물가에서
서서히 회복하였다

너야
언제나
피난처는 있다
아무 데도 없다고 생각할 때에도
먼 곳이라도 반드시 있다
거기까지만 가면 된다
너야
주저앉아서는 안 된다
걷거나 뛰어서 피난처로 가야 한다
기어서라도 가야 한다
너야

너는 생명이므로 반드시 너의 피난처는 있다

생명에게는 반드시 피난처가 주어져 있다

생명들은 눈에 보이게, 눈에 보이지 않게

모두 서로 연결되어 있기 때문에

한 곳이 힘든 상황이면 연결된 다른 곳에

그만큼 덜 힘든 상황인 곳이 있다

한 곳이 어려우면 그만큼 쉬운 다른 쪽이 있다

네가 어려울 때 너를 도울 상황의 누군가가 필연적으로
있다

피난처는 반드시 있다

비록 멀고 험한 곳에 있더라도

반드시 있다

네가 갈 수 있으므로

피난처이다

반드시 있고 반드시 갈 수 있어서

피난처인 것이다

좌절하지 말고 몸과 마음을 움직여서

그곳에 도달하여야 한다

38 마지막 승리를 위한 준비

세 자매신 중 땅을 관장하는 아랫몸신은
자신의 몸에 깃들어 살고 있는
호랑이, 표범, 곰, 사슴, 구렁이, 뱀, 늑대,
멧돼지, 도마뱀, 매, 독수리,
소 모양 물고기
그리고 여러 곤충들의
신들을 모두 모아놓고

그 신들이 가지고 있는 기술 중에서
각각의 신들이 연구하고 발전시킨
가장 신비한 기술 한 가지씩을
마고신에게 바쳐
마고신을 도와드리라고 명령하였다

아랫몸신은 또
자신의 신성한 혼이 들어 있는
특별한 뼈 한 덩어리를 자신의 몸에서 떼어내어
아홉 색깔의 신비로운 새에게 주면서
명령하였다
태양강가로 가서

신비로운 새의 아홉 가지 채색 깃털과 합하여
자신의 혼이 가진 모든 능력과 함께
자신의 뼈가 가진 단단함을 지닌
새로운 보호 옷을 짜서
마고신에게 입혀드리라고 하였다

이렇게
수많은 짐승신과 곤충신 들의 신비한 기술을 갖추고
신의 능력과 신의 뼈가 가진 단단함으로 만들어진
새로운 채색 전쟁 갑옷을 입은
마고신은 진정 우주에서
이겨낼 자가 없는 강력한 위력을 가지게 되었고

마지막 전쟁이 끝난 후에는
하늘도
곧잘 암흑으로 변하고, 검은 바람, 독한 물이 넘치고
잿빛 먼지와 가득히 타오르는 화염의 상태에서
비로소 오늘날과 같은
맑고 푸르고
신비로운 빛깔로 영원히 변하게 되었다

너야
신비가 수놓은 것이
삼라만상이어서

삼라만상 속에 신비가 들어 있으니
신비로움을 알고 익히고 싶다면
삼라만상을 깊게 들여다보고 느껴야 하리
보물은 안마당과 같은 가까운 곳에 있으며
먼 곳의 무지개도
눈앞의 공중과 연결된 곳에 떠 있다
너야
자연을
사랑하고,
아끼고 아낀다면,
들여다보고 들여다본다면,
느끼고 느낀다면,
사모하고 사모한다면
모든 신비를 품에 안을 수 있으리라
결코 외롭지 않으리라

39 마지막 전쟁의 승리

마고신은
새로운 아홉 가지 빛깔의 채색 전쟁 갑옷을 입고
윗몸신과 아랫몸신 그리고
날짐승신과 들짐승신, 곤충신 들의
헌신적인 도움을 받으며
악신과의 전쟁을 치러냈다
결국
아홉 머리를 가진 악신을 완전히 물리치고
굴복시켰다

악신의
아홉 머리 중 다섯 머리의 눈을 완전히 뽑아내어
다섯 머리는 전혀 앞을 볼 수 없는
장님이 되게 했다

악신의 몸을 부수어 능력을 다 없애버렸고
악신을
밤에만 괴상한 소리를 내는
아홉 머리를 가진 악한 새로 변하게 했고

땅을 관장하는 아랫몸신의 몸속 맨 밑충
가장 깊은 곳에 파묻어
다시는 우주에서 그리고 하늘에서
난동을 피우지 못하게 하였다

땅신인 아랫몸신 가까이에는
땅속에서 구멍을 파고 살기를 좋아하는
개미와
모습이 개미핥기와 비슷한 천산갑 그리고
두더지 같은 생명들이 기왕에 많이 있었다

공교롭게도
그들이 땅에 파놓은 구멍을 통하여
아랫몸신의 깊은 곳에 묻힌
악신의
패배한 망령들이
때때로 기어 나와
독 연기나 눈에 보이지 않는 병균으로 변신하여
땅 위에 퍼져서
그때마다 인간 세상에 해를 끼쳤다

구멍을 통해 땅 위로 기어 나온
아홉 머리를 가진 악신의 망령은
다섯 개 머리의 눈이 보이지 않았으므로

어두운 곳에 늘 숨어 있었고
어두운 곳을 밝히는 등불의 밝은 빛과 모닥불을
무서워하였다
등불이나 모닥불을 환하게 밝히면
악신이 변한 아홉 머리를 가진 악한 새는
그곳에서는
인간 세상에 해를 끼치지 못하였다

이로부터
밤에 등불을 밝히게 되었고
모닥불 같은 불을 소중히 여겨
불을 숭상하고
불씨를 모시고 제사하는 옛날의 풍습이 생겨나게 되었다

너야
너의 삶이
이야기가 되어야 한다
즐겁거나 참신한 이야기,
기쁨을 주거나 감동을 주는 이야기가 되어야 한다
세상은 다만 이야기의 배경이 되고
네가 이야기의 주인공이 되어야 한다
세상이 주인공이 아니다
세상에 휘둘리지 말아야 한다
너야

너의 꿈과 신념,
너의 말과 행동이 훌륭하게 변한다면
너의 이야기는 전혀 새롭게 만들어진다
너의 이야기는 멋있어진다
기왕에 이야기를 짓는 것이
너의 삶이라면
멋지고 훌륭한 이야기를 짓는 것이 좋고도
당연하지 않겠는가
세상은 이야기의 소재일 뿐이고
네가 이야기의 주제이다
네가 유일한 주인공이다
너는 네 이야기 속의 승리자이다

40 우주의 어머니신

마지막 전쟁에서 승리한 후

마고신은
하늘에서 가장 깊은 곳이며
땅에서 가장 높은 곳인
훗날 마고성이라고 부르게 되는
가장 신성한 곳에서

영원히 죽지 않고
누구도 이겨낼 수 없는
우주의 어머니신으로 머무시며
자매신이며 또한 딸신인
궁희, 소희라고도 불리운 윗몸신, 아랫몸신과 함께
영원한 존재로 살아갔다

어머니
어머니
당신이 계시지 않았다면 저도 없습니다
어머니의 몸으로 저를 만들어
세상에 내보내셨습니다

어머니가 저를 잉태하시고 몸 안에서 키우실 때

어머니는 신이셨습니다

어머니는 신이십니다

한번 신이신 분은 영원히 신이십니다

비록 인간의 몸을 지니고

늙고 병이 든다고 해도

어머니는 신이십니다

지금은

자본과 욕망이 만든 괴물이 횡행하는 세상입니다

신성한 것들이 사라졌습니다

이곳에서 신을 내쫓고 있습니다

불효가 대수롭지 않게 만연해 있습니다

신성한 것들을 훼손하면서

신은 필요 없다고 외치는 소리도 들립니다

어머니는 신이십니다

어머니는 신성한 모든 것입니다

어머니

불효를 용서하세요

어머니

영원히 건강하세요

41 마고 여신, 여성 인간 지도자를 양육하시다

마고신은
하늘의 큰 매 별신인 신매를
땅으로 내려보내어
사람 여자 어린이 한 명을 젖을 먹여 키워서
세상의 첫 번째 영적 지도자가 되게 하였다

하늘의 큰 매 별은
원래 하늘을 관장하는 윗몸신의
왼발에 밧줄로 매어져
키 큰 여신을 도와
하늘을 지키는 임무를 가진
해맞이 매 별신이었는데

마지막 전쟁이 시작되면서
큰 매 별신이 제자리에서 벗어나
제 임무를 하지 못하도록
악신이
큰 매 별신이 묶여 있는 줄을 끊어버렸다

그 후로는

이동을 쉽게 할 수 있었기 때문에
하늘의 위치를 벗어나 땅으로 내려가라는 마고신의
명령을 잘 이행할 수가 있었다

큰 매 별신은 날개가 있었기 때문에
하늘 안에서 위치의 변화가 가장 많았다
큰 매 별의 별 깃털은
다른 별빛들 속에서 보였다가 보이지 않았고
한참 후에 다시 나타나 반짝거리곤 하였다

사람 계집아이를 먹여 키운 젖은
마고신의 명령을 받은 큰 매 별의 신매가
아홉 색깔의 신비한 새를 시켜 길어온
태양강의 생명과 지혜의
신비한 물이었다

하늘을 관장하는 마고의 자매신인 윗몸신은
자신의 신비한 빛으로
여자아이를 깨우쳐주었고

땅을 관장하는 아랫몸신은
그녀의 살로
여자아이를 살찌워주었다

또
아랫몸신은
제 살의 맨 아래층에
영원히 갇혀 있는 악신의
스스로 생육하는 신비한 기술을
여자아이에게 전하고 일깨워주었다

위대한 마고신과
마고신의 자매신인 윗몸신 그리고 아랫몸신의
헌신적인 양육으로
인간 여자아이는 여러 가지 신통한 능력을 가진
영적 지도자 인간으로 성장하게 되었다
인간계,
신계,
짐승계,
영혼계를 모두 꿰뚫어보는
지혜로운 영매이며 참다운 예언자가 되었다

너야
어린아이가 제 엄마를 좋아하는 것처럼
네가 세상 만물을 좋아할 수 있다면
얼마나 좋으랴
너야
어린아이가 바라보는 것처럼

네가 세상 만물을 볼 수 있다면

얼마나 좋으랴

너야

너는 한때 어린아이였고

지금의 너는 이 세상이 만들었다

지금까지 세상이 너를 키웠다

세상은

세상이 필요한 모습으로 너를 키웠지만

신비는

세상이 모르게

네가 모르게

너를 자라게 했다

너의 영혼을 키웠다

네가 알아채지 못한다 해도

지금도

신비는 너를 껴안고 있다

옹알옹알거리는 바람 소리와

파도 소리 그리고

숲속의 새소리와

계곡 물소리는 신비가 하는 말이다

너에게 묻는 안부이다

세상 속에서

신비의 자식으로 살아라

고요하게 움직이고

치열하게 집중하고

뜨겁게 연대하라

결코

무너지지 마라

좌절하기를 세상이 가끔씩 원한다 해도

결코 좌절하는 인간이 되지 마라

너는 신비의 자식이고

이미

위대한 신비의 본체이다

42 첫 영적 지도자가 된 여자 사람

자라서
인간들 중에서 첫 영적 지도자가 된
여자 사람은

하늘을 관장하는 윗몸신의 신비한 빛을
깨우쳐
별빛으로 점을 쳐서
하늘의 시간을 알아맞혔고

자신의 살이
땅을 관장하는 아랫몸신으로부터 온 것이므로
인간들이 살아가는 데 필요한
신기한 기술을 마음대로 부렸다

악신이 지녔던 무한히 번식하는 기술을
아랫몸신으로부터 전수 받았기 때문에
인간 남녀의 결합과 잉태에 관한, 신비로운 기술을
발휘할 수 있었고 그것을 널리 전파시켰다

마고신의 뜻에 따라 그녀는

신의 세계,

짐승의 세계,

영의 세계,

혼의 세계를 모두 꿰뚫어보는

인간 세계에서 제일가는

지혜로운 자

큰 영적 지도자가 되었다

그녀는 세상의

모든 총명,

모든 영리함,

모든 지혜,

모든 기술을 가진 만능 능력자가 되어

세상을 평안케 하였고

인간들이 대대손손 대를 잇도록 하였다

너야

영매가 없는 시대는

물질 만능의 시대이다

혼돈의 시대이다

모든 것을 꿰뚫어보는 영적인 사람들이

지도자가 되지 못하는 시대는

아름다움과 신비로움을 잃어버린 시대이다

역사가 시작된 이래 오랫동안 계속해서

영적인 지도자가 있었다
문명의 시대라는
지금
모든 영매가 사라진 곳에는
돈을 모시는 수많은 조직이 들어차 있다
탐욕과 자본이 신령함을 쫓아내고,
신성한 자연을 훼손하고,
인간의 정신을 막다른 골목에 밀어 넣고
피폐하게 만들고 있다
진실한 영성을 잃으면서
경외하는 것과 삼가는 것도 잃었다
생명을 지닌 것들의 삶과 죽음도
재화와 상품의 생산과 폐기와 같아졌다
영성을 회복해야 한다
신령함과 신성함을 되찾아야 한다

43 미륵신과 미륵땅의 인간

오래전 마고와 자매신들이
하늘과 땅 그리고 지하 세계를 생육하는 일의
조력자로 삼기 위해
여러 신을 창조할 때 나타나게 된 신인
미륵신이
자신이 관장하는 땅의
운행과 생육을 열심히 하고 있을 때

마고신이
뭇 생명과 사람들을 만들어놓고
하늘의 높고 깊은 곳에서
아무런 관여도 하지 않고 깊은 잠을 자거나
다만 흐뭇하게 바라만 볼 뿐
그대로 없는 듯이 있기만 할 때

미륵이
마고신에게 찾아가서
자기가 관리하는 미륵의 땅에서도
자기와 같이 살아갈
인간들이 있었으면 좋겠다고 하고는

마고신에게
특별한 인간들을 창조해달라고 간절하게 부탁하였다

마고신은
숙고 끝에
그 부탁을 들어주기로 하였다

마고신은
이번에는
자신의 심장의 붉은 살을 떼어 만든
금벌레 다섯 마리와
자신의 머릿속 은빛 살을 집어내어 만든
은벌레 다섯 마리를
각각 해를 닮은 금쟁반과
달을 닮은 은쟁반 위에 올려
미륵에게 주었다

금벌레와 은벌레 다섯 쌍이
미륵의 땅에 다다르자
금벌레는 남자가
은벌레는 여자가 되어
다섯 쌍의 사람 부부로 변해서
그로부터
미륵의 땅에 사람들이 살게 되었다

금벌레야
은벌레야
어디서 왔니
어디서 왔니

벌레야
벌레야
무엇이 되고 싶니
무엇이 되고 싶니

금벌레야
은벌레야
무엇을 할 것이니
무엇을 할 것이니

날개를 펼칠 것이니
가만히 웅크리고 있을 것이니

노래를 부를 것이니
울음을 울 것이니

너야
금벌레
은벌레인 너야

44 미륵신과 석가신의 이야기

마고신이
훗날 마고성이라고 불리우는
하늘과 땅의 높고 깊은 곳에서
잠이 든 듯이
가만히 있기만 하던 때에
인간 세상 가운데
미륵의 땅이라는 곳에서 일어난 이야기로

미륵이
자기 땅의 인간들을 평화롭게
다스리고 있을 때
힘이 센 석가가 나타나서
미륵 세상을 자기에게 양보하라 하였다

미륵은
누가 미륵땅의 인간 세상을 차지할 것인가
석가와 내기를 하여 결정하기로 하였다

미륵이 여러 가지 내기에서 계속 이기자
석가는

최종적으로
둘이 다 잠을 자면서
각자의 무릎 위에 놓인 물그릇에서
꽃을 피우는 내기를 마지막으로 하자고 하였다

내기를 하는 도중에
기회를 엿보고 있던
석가는
미륵이 조는 사이에
미륵의 무릎 위에서 피어난 꽃을
자기의 무릎 위로 가져와서
결국
부당하게 승리를 하게 되었다

미륵은
자기가 관장하던 세상을 석가에게 내어주고
지하 세계로 사라졌다
그 후로
미륵과 석가의 내기에서 일어난 것과 같은
거짓과 위선 그리고
부정한 것들이
석가의 인간 세상에는 생겨나게 되었다

훗날

어떤 사람들은
옥황상제인 하늘의 천지왕과
지상의 총명부인 사이에 태어난
아들들 중
큰아들 대별왕이 미륵과 같고
작은아들 소별왕이 석가와 동일한 행동을
하였다고
달리 전하여 노래하기도 하였다

내기로는
서천 꽃밭에 꽃을 심어
누가 더 번성하게 하는가였다고
덧붙여 이야기하였다

대별왕이
해가 두 개여서 세상이 너무 뜨거워
화살을 쏘아 해를 하나만 남겼고
소별왕이 두 개의 달 중 하나의 달을 쏘아 달을 하나만 남
겼다는
이야기도 전한다

너야
선과 악 그리고
참됨과 거짓이 섞여서 이루어진

세상이 눈앞에 펼쳐져 있다

너야

자, 걸어 들어가자

씩씩하게 걸어 들어가자

뛰기도 하자

악과 거짓이 바짓단과 소매를 잡을지라도

세차게 털어내면서

쉬지 말고

걷고

뛰자

선과 참됨으로만 이루어진 곳에

도착할 때까지

호혜와 사랑으로만 가득한 곳에

도달할 때까지

45 거대한 홍수

얼마나 많은
시간이 흘렀는지 모른다

마고신이
궁희, 소희라 불린
딸신이기도 한 자매신들과 함께
자신의 성에서
없는 것 같이
있으면서
길고 깊은 잠을 자고 있을 때

많은 시간이 흘러가서

하늘이 생기를 잃었고
해도 늙었으며
별과 구름도 기운이 없어져
다음 세대인 어린 새 별과 새 구름이
간신히 새로이 피어나고 있을 때

마고신이 머물고 있는,

마고성이라고 불리우는
하늘과 땅에서 가장 깊고 높은 곳을
제외한
온 세상에서 일어난,
엄청난 일로

기운을 잃은 하늘에서
북쪽의 차가운 하늘 바람과 얼음 바다가
남쪽으로 세차게 내려오고
끝없이 폭우가 쏟아지고
홍수와
빙산이 온 세상을 덮쳤다

몇 날인지
셀 수 없는 날 동안
아마도 사십여 일 동안 폭우가 쏟아졌다
땅이 온통 물에 덮이고
하늘도 빗물에 물 천지였다

물에 잠긴 땅에는
세상에서 제일 민첩한 큰 매와
한 여인만이 남아 있게 되었고
이 여인이
홍수가 지난 후

회복된 땅에서
인간으로서 인간을 낳게 되었다

이 여인은 바로
마고 여신이 가르쳤던 여자 사람이었으며
큰 영적 지도자로서
홍수 후에 신이 아닌 인간으로서
인류를 번성시킨 인류의 한 어머니가 되었다

물론 홍수가 끝날 때쯤
마침 잠에서 깨어난 마고신이
그 여자 사람이 인간을 낳고 인간을 기르는 데
필요한 도움을 주라고
여러 신들에게 명령을 하였다

이때의 홍수에 대해서는
다른 이야기도 있다
마고신이
자매신이며 동시에 딸신인 윗몸신과 아랫몸신 즉
궁희, 소희와 함께
하늘의 성스러운 물인 천수를 부어 마고성을
완전히 청소하고 난 후
끝없이 멀고 높은, 보이지 않는 곳으로
마고성을 옮기는 큰 사건이 일어났을 때

마고성을 청소한 물이
성 밖으로 넘쳐나서 홍수가 일어났다는 것이다

너야
옛날 옛적에 세상에 있었다는
홍수와 같은 일이
불행하게도
네가 살아가는 동안에 밀어닥칠 때
그곳으로부터 헤어나오지 못한 사람도 있고
가까스로 빠져나온 사람도 있다
그때
비극이 덮칠 때
한 가지 생각을 붙잡고 놓지 않는다면
이겨낼 수 있다
옛날 큰 홍수에도 의지가 굳은 한 여인이
살아남은 것처럼
네가
이 세상에 온 이유가 있다라는
생각이 바로 그것이다
아직 그 일을 다하지 못했다는 생각이 바로 그것이다
그 생각 하나를
심지 굳게 붙들고 견딘다면
비극이 잦아든 후
옛날 큰 홍수 후의 한 여인처럼

새로운 시간 속에서

너는

모든 일의 어머니가 될 수 있다

46 홍수가 지나간 후

겨울이 지나가면
봄이 오듯이
홍수가 지나간 후
대지에는 생명의 기운이 다시 돋아나
곧 왕성하게 되었다

대지 위의 인간도
어머니 영적 지도자로 인해
점차 그 숫자가 늘어났다

풀과 나무들이 땅을 뒤덮고
산과 계곡에는
수많은 짐승이 모여 살게 되었다

꽃이 피고
맑은 물이 흐르는 따뜻한 양지에는
인간들이 가족을 이루어
서로 위하고 살아갔다

백두대간 땅에서도

동굴에서, 강가에서
돌을 쪼개고 갈아 돌도끼를 만들어
식량을 구하기도 했던 인간들이
다시 삼삼오오 모여 살아갔다

이런저런 자연현상이 여전히 일어났지만
지상의 생명들은 그것들을 잘 이겨냈다

신들의 세계에서도
하늘의 마고신과 자매신들은
악신과 전쟁을 치를 일이
없었다

참으로 평화롭고 고요하였다

그리하여
마고성에 머물고 있던 마고신은
자신의 자손이면서도
인간을 닮은
하늘의 인간 즉 천인들을 탄생시키고 싶어졌다

인간이라기보다는 신인
천인들에게
세상을 조율하는 일을 하게 하면서

마고성에서
오순도순 함께 살아가고 싶다는 생각을 하게 되었고
자매이며 딸인 윗몸신과 아랫몸신 즉
궁희와 소희에게
후손들이 태어나게 하라고 명령하였다

마고신이 후손인 천인들에게 정을 준 것처럼,
먼 훗날
천인들이 마고성을 떠나
땅 위의 인간들과 같이 살아갈 때,
한 무리의 천인족 후손들을 좋아해서
그들과 함께 지상에서 같이 살고 싶어 하는
특별한 신이
마고신으로부터 태어나게 되는
광휘롭고 신령스러운 일도 일어나게 된다

너야
신의 모습은
인간을 닮았다
너는
사람이 숭고해질 때
그 사람에게서 신성함을 느낀다
신성함은 원래 신의 것이다
신성은 본디 신의 속성이다

한순간 숭고해진 인간에게서
신성함을 느낄 수 있다면
인간과 신이 서로 닮았다는 것을 의미한다
그러므로
신일 수 있는 너야
때때로 신인 너야
신성한 너야
부디
인간들과 더불어 평화롭도록 하라
인간들에게 자비와 사랑을 베풀도록 하라
자비와 사랑의 신이 되라

47 천인의 탄생

마고신은
하늘에서도 땅에서도 가장 신성한
마고성에서 살면서
자기가 특별히 살기 좋은 땅으로 만들어놓은
백산흑수가 있고 백두대간이 있는
동쪽 땅에도 때때로 머물렀다

그 땅에 머물 때마다
그 땅이 마음에 들었으므로
훗날 가장 특별한 천인의 후손들이
기왕에 살고 있던 소수의 인간들과 함께
그 땅에서 살아가도록 해야겠다는 생각을 하였다

마고신이
자기의 성과
동쪽 땅에 때때로 내려와서 평화롭게 살고 있을 때

세계가 참으로 고요하고 평화로와서
마고신은
마고성에서 함께 살면서

세상을 조율해나갈
신이면서 하늘의 인간인 천인들이 있으면 좋겠다는
생각을 하게 되었다

신을 닮아 신성한 생각을 지니고
만물을 두루 이롭게 하고자 하는 정신을 지닌
특별한 하늘의 인간들을
탄생시켜
마고성에서 함께 살면서 번성케 하리라고
마음을 먹었다

제 몸을 쪼개어서 낳고 탄생시킨
딸이며 자매인,
위대한 하늘과 풍요로운 땅을 닮은
두 여신에게 명령하여
신이면서도 인간을 닮은 하늘의 인간들을 낳으라고 하
였다

윗몸신과 아랫몸신인 궁희, 소희 두 여신이
피부색과 모습이 각양각색인
황궁,
백소,
청궁,
흑소씨의 남녀를 한 명씩을 낳아

여덟 명의 자손이 생겨났고

세상을 바르게 조절하기 위해서는
더 많은 수의 인원이 필요하다고 생각한
마고신이 또 명령하여
여덟 명의 천인이 짝을 지어 결혼을 하게 되었고
각기 겨드랑이를 열어
출산을 하게 되었다

이 천인 부부들이 각각 삼남 삼녀를 낳았고
이들 스물네 명이
후에 지상에서 살게 되는 천손족 인간들의
시조가 되었다

너야
생명이
탄생하는 그 순간에는,
그 찰나에는
모든 생명은 아직 신이다
인간이나 축생으로 변하기 직전에는 아직
신성한 신이다
너야
이 지상에서도 한 찰나에는
신이었던 너야

잊지 마라
잃지 마라
신이었던 때를
그리고
이 지상에 오기 전의 오랫동안 신이었던 너를

48 천인들의 삶

마고신과 궁희, 소희 자매신, 제신, 천인 들은
하늘 가장 깊은 곳이면서 땅 위의 가장 높은 곳인
마고성에서
세상을 조율하는 음악인
태초부터 울려 나오는 율려를 관장하여
세계를 조화롭게 하면서
오랫동안 완전한 하늘의 삶을 살았다

마고 여신과
궁희 윗몸신, 소희 아랫몸신을 비롯한 제신들은
일찍부터 천인들에게 세상의 관리를 모두 맡기고
마고성에서
오랜 휴식에 들었고 모두 깊은 잠을 자게 되었다

마고성의 천인들은
하늘과 땅의 이치를 바르게 밝혔고
그 이치가 늘 바르게 흘러가도록 하였다

마고신과 제신이 탄생시켰으나
원래의 물방울 거품에서부터 본래 소리로 이루어진

세상 만물이
각자의 옳은 소리로
제 모습을 이루도록 하였고
세상과 자연스럽게 어울리도록 하였다

세상 만물을 이루는
각각의 음률에 대한 율법을
역수曆數로 하여
만물이 세상과 조화를 이루도록 하였다

천인들은
품성이 순정하여 능히 조화를 알았고
마고성의
백옥으로 된 샘에서 솟아나는 땅의 젖인
지유地乳°를 마셔서
피가 맑았고 혈기도 맑았다

귀에는
하늘의 소리에 공명하는 검은 금인
오금을 차고 있어서 천음을 모두 들을 수 있었고
천음에 따라
오고 감이 자유로웠다

혼백의 혼까지 완전히 깨어나 있고

안과 밖의 모든 것이 온전히 이루어져 있어

소리를 내지 않고도 능히 말을 하였고

혼백의 백이 움직여

형상을 감추고도 능히 행동하였다

땅기운 중에 살면서도 그 수명이 끝이 없었다

너야

무엇을

들여다보고 들여다보면

파동과 떨림인 율동이 보인다

그 무엇이 결국은 춤을 추고 있다는 것을 느낀다

양자역학에서도

물질의 가장 기본은

단지 파동이나 떨림이라고 한다

다른 이름으로는 율려이기도 하다

양자역학의 틈새를 통과시키는 이중 슬릿 실험에서

빛이나 원자, 분자 들은

혼자서는 파동으로 있다가

누군가 곁에서 관찰을 하면

곧바로 직진을 하고 입자가 된다고 한다

삼라만상의 기본을 이루는 것은

홀로 춤을 추고 있는 것이다

홀로 파동으로,

율동으로, 운율을 이루고

음악이 되는 것이다
다른 무엇과 함께할 때는 가만히 한 방향으로만 진행하는
입자처럼 있지만
본래는 다만 율동이고 율려일 뿐이다
너야
너의 가장 기본이 되는 것은
음악이다
춤이다
춤추듯이
음악을 하듯이
이 세상 속을 살아가라
모든 일을
춤추듯이
운율 속에 있는 듯이 하라

◦ 파미르고원의 근방 도시이자 세계적인 백옥 산지 도시인 호탄의 산스크리트
어 지명이다.

49 마고성의 비극

마고성 안의 천인들 수가
점점 많아져서
마고성의 신령한 먹을거리인
백옥에서 솟아나는 하얀 젖인
지유가
풍족하지 않게 되어

백소씨의 일족인 지소씨가
다른 이에게
다섯 번이나 지유를 먹을 기회를 양보한 후
너무 배가 고파
지유가 아닌
넝쿨에 달린 포도를 먹게 되었고
오미五味를 느끼게 되어
마치 술에 취한 듯
'넓고 큰 천지여, 내 기운이 너를 능가하도다
이는 하늘의 도가 아닌 포도의 힘이로다' 하고 외쳤다

지소씨는 다른 천인들에게도
포도를 권하였고

다른 천인들도 처음에는 의심하다가
포도를 먹게 되었다

포도를 먹은 천인들이
스스로가 자신을 조절할 수 없는 점점 이상한 상태가 되자
지소씨를 원망하였고
마고성의 법칙을 지키지 않아 이런 일을 초래한
지소씨가
스스로 부끄러워 자기의 권속들을 데리고
마고성 밖으로 나갔다

시간이 지나
지소씨가
잘못을 뉘우치고 다시 돌아와
복본復本하고자,
본래의 모습을 회복하고자,
마고성벽을 파서 지유를 얻으려 했으나
오히려
이로 인해서 샘의 근원이 산산이 흩어져서
지유는 완전히 끊어지게 되었다

그다음부터
어쩔 수 없이 과일과 열매를 먹는 생활을 하게 된
마고성의 신성한 천인들은

신령스런 천성을 잃고
신과 같던 긴 수명이
보통 인간들과 비슷하게 줄어들게 되었다

포도와 다른 열매 같은
남의 생명 즉 남의 목숨을 먹었기 때문에
몸에는 천인의 피를 빠는 다른 생명으로
이가 생겨났으며
피와 살은 탁해졌다

귀에 있던 오금은 변해서
달 속 토끼 모양의 모래가 되어서
끝내 하늘의 소리를 들을 수 없게 되었다

발은 무거워져 오래 뛸 수가 없었고
잉태할 수 있는 정기가 불순해져서
성정이나 외모가
짐승을 닮은 후손을 많이 낳게 되었다

죽음의 과정이 변해서
하늘로 그냥 날아가 사라지는 천화天化를 하지 못하고
바로 육체가 썩게 되었다
수명이 인간처럼 짧아지게 되었다

열매를 먹게 되고
자유가 사라져서
결국
천인들이 신성함과 신령함을 잃게 되는
마고성의 이 비극을
천인들은 오미의 난이라고 부르고 애통해했다

너야
하늘나라의 비극도
먹는 것으로부터 왔다
먹는 것은 신성하다
자연의 모든 신비가 합해져서
먹는 것이 된다
햇빛과 빗물 그리고
땅의 능력 또
밤의 고요와 새벽의 이슬이
힘을 다해 곡식과 열매를 익게 했다
거기에
기르는 사람의 정신과
조리를 한 사람의
순정한 마음과 고결한 정성이 들어 있다
먹는 것은 신성하다
결코 함부로 대해서는 안 된다
음식은 단지 소모품이 아니다

감사의 마음과

음식과 하나가 된다는 정신으로 취해야 되는 것이다

맑게

깨끗하게

천천히

남김없이

폭식과 편식 없이 치러야 한다

그렇게 되면

너야

너의 음식은 신의 음식이 되고

너는

신성한 하늘의 인간이 되는 것이다

50 천인들의 이주

마고성이 오미의 난을 겪는 동안에도
홍수 후에 다시 풍요로워진
지상에서는
인간이 낳은
인간들이
점차 수를 늘려가고 있었다

오미의 난으로 신령함을 잃어
마고성의 신성함과 신령스러움을 지키기 위해서는
마고성을 떠나야만 했던
천인들은
지상으로 내려가서
이미 살고 있던 인간들과 함께 살아가기로 하였다

마고신의 후손으로서
천손족인 천인들 중에서
가장 어른이면서
최고로 씩씩하고
제일 훌륭한 품성의 황색 피부를 가진
황궁씨가

책임을 지고서
긴 잠에서 깨어나서 오미의 난을 목격하고
대로大怒하면서도 슬퍼하는
마고신 앞에 나아가
사죄를 하고

어디서나 언제나 정심한 노력을 다하여
맑고 깨끗한 성정을 되찾아
마고성에서 본래 살았던 삶의 모습으로
되돌아가겠다는
복본의 서약을
마고신 앞에 굳게 하고
하늘나라인 마고성을 떠나게 되었다

하늘의 가장 깊은 곳이면서
땅의 제일 높은 가운데에 있는
마고성을 떠나면서
황궁씨는
다른 천손족들에게 천부天符를 나누어주었고
칡 캐는 방법을 가르쳐주었으며
함께 나와 각각의 씨족끼리
지상의 사방으로 흩어져 나아갔다

각자 자기 부족을 이끌고서

청궁씨는 남동쪽으로 나가 운해주雲海洲 지역으로,
백소씨는 서쪽으로 가서 월식주月息洲로,
흑소씨는 남쪽으로 이주해서 생성주生星洲로,
황궁씨는 북동쪽의 천산주天山洲로 나아갔다

황궁씨가
춥고 험한 천산주로 간 이유는
복본의 고통을 이겨내고자 하는 의지를
나타내기 위한 것이고
맹세를 지키겠다는 결의를 나타낸 것이었다

천인들의 이주로 인해서
세상의 기운이 변했고 변화가 많아지게 되었다
지상의 모든 지역에서
살고 있던 인간들의 삶에 큰 변혁이 일어났고
수많은 일이 생겨났다

천산주에 터전을 마련한
황궁씨는
사방으로 흩어져나간
다른 씨족들을 정기적으로 순회 방문하면서
맑고 깨끗한 성정으로 삶을 살아서
하늘의 본분을 되찾자는
복본의 의무에 대해 끊임없이 권고하였고

가르치는 일을 계속하였다

황궁씨는
방문하는 지역마다
지상의 인간들에게 널리 이롭도록
여러 가지를 지도하였다

천인들 중 가장 어른이고
우두머리 천손인
황궁씨족의 후예들이
훗날
환웅천황신과 함께
천산주를 떠나
마고신이 흡족하게 여기는 복지인
백산흑수가 있는 아름다운 동쪽 대지로 가서
새 나라인
밝달국을 만드는 사람들이 되었다
밝달국은
후에 배달국이라고도 불리었다

너야
차이는 있다
모든 것에 차이는 있다
인간에게도

물건에도 있다

먼 옛날 인간들이 생겨나서 퍼져나갈 때

인간에게도 차이가 있어서

각기 다른 선택을 하였다

살아가는 모습도 차이가 생겼다

지금의 인류도

각자의 차이에 의해서 각자가 다른 삶을 살아간다

차이는 존중받아야 한다

차별이 되어서는 안 된다

너는 차별받아서는 안 된다

네가

성격이 남달라도

왼손잡이라도

잠이 많아도

소수자라도

단지 다를 뿐이다

차이가 있어서 서로 다른 삶을 살았던

태초의 여러 씨족 사람들처럼

너는

다른 사람과 다를 뿐이다

다만 차이가 있을 뿐이다

제3부 신시

51 환인, 드러나시다

마고신은
오미의 난으로 지유가 사라지고
천인들이 떠나간 마고성에서
안타까움과 슬픔을 느꼈다

두 자매신이며 딸신인 궁희, 소희와 함께
마고성을
하늘의 물로 씻어내는 대청소를 하고 나서

이제부터
세상의 일은 지상으로 떠나간
천인들에게 맡기기로 마음을 먹고

두 자매신과
거의 전부가 여신인 제신들에게
이제부터
세상을 생육하는 일에서 벗어나서
편히 쉬라고 명령을 하였다

그런 다음

마고신은
모든 신과 천인들 그리고 인간들에게
마고신 자신의 실체와 자신의 모습을
내보이지 않겠다는 생각으로
눈에 보이지 않는 높이보다 더욱더 높고
아득한 곳으로
마고성을 옮겼다
없는 것과 같은 곳으로 자기의 거처를 옮겼다

그 후
마고 여신은
가장 높은 하늘의 가장 깊은 곳이며
없는 것과 같은 곳에서
오랫동안 깊이 잠이 들었고
다시 깨어났을 때
긴 잠 속에서 특별한 꿈을 꾸었다는 것을 알았다

특별하고 특별한 꿈이었다

꿈속에서
마고 여신은
끝없이 펼쳐진 채로
형상이 없이 빛나는
푸르고 휘황한 빛무리였다

뼈가 있고, 살이 있고,
피부가 있어 경계가 있는,
만져지는, 거대한 몸이 아니라
아무런 한계가 없이
빛의 바다로 한없이 펼쳐져, 끝없이 푸르른 것이
참으로 좋았다

마고신은
잠을 깬 후에
꿈이 실제로 그대로 현실이 되기를
간절히 바랐고

그 순간
자기의 모습이
꿈속처럼
여전히
찬란한 하늘빛, 푸른빛 바다처럼
환하게 끝없이 펼쳐져 빛나고 있어서
참으로 기뻤다
참으로 기뻤다

길고 커다란 팔다리와 긴 머리칼의 머리,
거대한 몸통을 가진 것이 아닌,

여신의 외모도
남신의 모습도 아닌
다만 하나의 밝고 푸른 하늘빛으로 펼쳐져서
세상의 어디에라도 닿아
그곳을 어루만지는 눈부신 빛의 바다였다

세상의 근원이 되고
모든 것을 창조하고 번성케 하는
신성한 빛이고
생명의 빛이었다

마고신은
바뀐 모습에 맞게
스스로의 이름을
밝은 하늘빛이며 모든 것의 근원이라는 뜻으로
환인桓因이라
새로이 칭하였다

만물을 생겨나게 하고
생육하게 하는 일이
환인이 된 마고신에게는
새삼스럽게 뜻깊고 신성하였다

여성도

남성도 아닌
밝고 환한 근원의 빛무리로
다만 신령스러울 뿐이어서 감격스러웠다

감격스럽고 아름답고 신비로운 이 이야기에
전해지는 또 다른 이야기로는
마고신이
천인들 중에서 자신이 가장 사랑하는
제일 큰 후손인 황궁씨족을 위하여
황궁씨의 후예인 유인씨와
그의 자식인 한[桓]°인씨에게
스스로 자신의 혼백이
그대로 깃들어
그들 자체가 되어서
한인씨가
마고신처럼 신령스럽고 완전한 하늘신이 되었다고도 한다

너야
만물이 창조가 되었다면
창조한 주체가
남성인지
여성인지 하는 것은 중요하지 않다
무엇인가에 의해서
창조가 되어서 살아가는

지금 이 순간순간이 중요할 뿐이다
누군가와 무슨 일을 할 때도
마찬가지다
성性에서 차이가 있다고
차별이 있어서는 안 된다
진리와
평화와
합심과
배려에는
여성과 남성 같은 성이 없다

○ 환과 한은 동일한 한자(桓)를 쓰며 뜻이 같다. 몽골 탱그리 신화에서 한인은
하늘 그리고 고귀한 여인, 부인을 의미한다.

52 환인, 세계를 다스리시다

우주의 중심으로
밝고 환한 푸른빛의 바다이고 하늘이신
환인천제는
생명을 탄생시키고 생명을 키우고
생명들이 열매 맺게 하는 일을
오래오래 하였다

원래부터
깨달음 자체인 존재여서
몸과 마음 어디에도 병이 없어서 장생하였으며
오랜 세월 세계를 다스렸는데
인간으로 비유하자면 자손에서 자손으로
이를테면 7세손까지 3301년 혹은 6만 3182년 동안
몸을 바꿔가며
세상을 보살폈으며
모든 생명 있는 것들이 평화롭게 살 수 있도록
노력하였다

환인천제가 머무는
하늘의 가장 깊은 곳은

땅의 한가운데이기도 했으며
환인천제는
형상도 없이 어느 곳에라도 나타나고
아무것도 하지 않는 모습으로도
만물을 짓고
말없이
모든 것이 이루어지도록 하였다

인간 세상 일을 밝혔으며
천산주의 황궁씨 천손족이
사방의 다른 씨족들을 찾아다니며
가르치고 권고하는 것을 격려하였으며
황궁씨족과 함께 다른 씨족들이 사는 곳을 순방하였다
인간 세상의 어리석음을 없앨 것을 도모하였고
마고성에서의 삶 같은 삶을 살자는
회복의 서약이 잘 이루어지는지를 확인하였다

멀고 외진 곳의 사람들이 추위와 어둠에 시달리는 것을
보고
돌을 서로 부딪어
불을 피워
음식을 익혀 먹는 법을
인간들에게 가르치기도 하였다

마고신에서 변모한 환인천제가

천부삼인天符三印을 가지고 인간 세상의 이치를 밝게 정

착시키는

삼천여 년 혹은 육만여 년 동안

세상이 순조로워지고

마고성에서 오미의 난 이후로 생겨났던

사람들의 짐승을 닮은 괴상한 모습도

점점 본래의 모습을 찾게 되었다

환인천제는

갖은 생명들을 싱그럽게 번성시켜

세상의 곳곳으로 뻗어나가 살아가게 하였다

땅의 동쪽 끝

흑수가 흐르고 백산이 있고

스스로가 먼 옛적에 마고신으로서 아름답게 창조했던

백두대간이 뻗어나간 대지로

사랑하는 황궁씨 천손족을 본격적으로 이주시키기 전에

선발대로 팔백 명의 동녀동남을 보내기도 하였다

너야

마음이 신이다

형상도 없이 어느 곳에라도 가서 나타날 수 있고

아무것도 하지 않는 모습으로도

만물을 짓고

말없이
모든 것을 이룰 수 있는 것이
마음이다
그러므로 마음이 신이다
너야
신을 두려워하듯 네 마음을 두려워해야 한다
신을 공경하듯 네 마음을 공경해야 한다
신을 믿듯 네 마음을 믿어야 한다
전능한 신처럼 전능한 네 마음이니
잘 살펴보아야 한다
네 마음이 청정한 길 위에만 있는지
네 마음이 오염된 길 위에도 있는지
잘 지켜보아야 한다
너야
신은 있다
너의 마음이 신이다

53 제신들의 이주

태초에
세상을 창조하는 일을 할 때 도움을 받기 위해
환인천제가
마고신의 몸으로 창조했던
많은 신들이 있었다

마고성을 옮기게 되는 오미의 난 후에
마고신의 명령으로 완전한 휴식에 들었던
그 제신들에게
환인천제는
인간들의 세상에 나가
인간들의 삶과 함께하라고 다시 명령을 하였다

마고신이었던
환인천제의 나라에서 탄생하였던
많은 신들이
사방으로 퍼져나가 세상 곳곳에 깃들어
각각의 땅 위에
수많은 신비한 이야기와 새로운 역사를 만들어내었다

어떤 신은

그곳의 하늘을 떠받치기도 하였고

어떤 남매신들은

그 땅의 홍수 뒤에 결혼을 하여

인간들을 새로 번성케도 하고

어느 신은 그 지역의

큰 강의 범람을 막기도 하였다

다른 신들은 환인천제에게서 배운

불을 다스리는 법이나

농사를 짓고 약을 얻는 지혜를

그 땅의 인간들에게 전하였다

남매이자 부부로

무지개를 타고 땅으로 내려가서

그 지역의 태양과 달 그리고 폭풍의 신을 낳아

그곳 사람들과 영원히 함께한 신들도 있었다

환인천제의 품 안에서

멀리 떨어져 나간 신들이

다른 여러 이름으로 그 땅의 자기 사람들과 함께

새로이 나라와 민족을 만들고

새로운 역사와 이야기를 완성시켜갔다

밤이나 낮이나

기쁨도 슬픔도 자기 사람들과 영원히 함께했다

세계의 곳곳으로 인간들이 퍼져나갈 때
한사코 해 뜨는 곳으로만 가려는
특별한 사람들의 집단이 있었다
그리고
그 사람들과 하나가 되어
그 사람들과 함께 살고 싶어 하는
특별한 하늘의 신이 있게 되었다

그들이 가고자 하는 땅은
옛적에 환인천제가
마고신이었던 시절
정성 들여 만들어놓았던 동쪽의 아름다운 땅이었다

그들과 함께 살고자 하는 신은
환인천제의 몸인 빛바다에서
이제
새로이
태어나게 되는
위대한 환웅천황이었다

너야
모든 것에는 길이 있다
바람이 가는 것에는 바람길이 있고
봄 다음에 여름이 오는 계절의 길이 있고

책 속에도 길이 있고

돌에도 잘 부서지는 돌의 길이 있다

문명에도 길이 있다

길을 통해서 문명이 퍼져나간다

인간과 문물 그리고

사상과 여러 신들의 이야기를 싣고

문명이 길을 통해서 사방으로 뻗어나간다

너야

너는 지금 그 길 위에 있다

너는 지금 그 문명의 길 중에서

가장 신비롭고도 위태로운 길 위에 있다

기계와 인간이 결합을 하고

생태 환경의 파괴로

지구의 불안한 운명이 예측되는 길 위에 있다

너는 앞장서서

새로운 문명과 함께 새로운 길을 가야 한다

새로운 생각과

새로운 행동,

새로운 믿음과

새로운 신과 함께

새로운 길을 가야 한다

새로운 길을 개척해야 한다

54 환인천제의 아들신이신 환웅천황

환인천제가
하늘 높은 곳이면서 세상의 중심인 곳에서
밝은 하늘빛으로 세상 만물을 보살피는데

환인천제가 보시기에
세계의 어느 골짜기는 아직 덜 생육되기도 하였다
그곳들을 직접 어루만지고
그 혼원한 곳을 열어 싱그러운 물상들을 깃들게 할
특별한 신이 필요해졌다

마고신으로서
마고성을 옮기면서
윗몸신과 아랫몸신을 비롯한 제신들에게
영원히 쉬라는 명령을 했다가
환인천제로서 제신들에게 여러 지역으로
모두 떠나가라고
다시 명령을 하였기 때문에
세상을 돌보는 일을 도울
새로운 신이 있어야만 했다

환인천제는
세계를 더욱 완전하게 하고자 하는
한 가지 생각으로
그 일을 도울, 새로운 신으로
본인의 몸인 하늘빛에서 한 아름의 빛을 뿜어내어
아드님 신들을 지어내었고
그중 한 아들을 그 씩씩한 모습대로
환웅桓雄이라고 불렀다

환인천제의 나라 안에서
성실하고 견실하게 일하던
환웅천황은
환인천제의 명을 받고서 세상으로 나와

성실한 품성대로
하늘과 땅이 아직 덜 펴진 곳은
고루 펴서 잘 나누어지게 하였고
해와 달이 좀 더 확실하게
자신들이 있을 낮과 밤을
찾아가게 하였다

환웅천황은
흙과 물기가 혼돈인 채로 남아 있던
구석진 곳들은

흙은 흙대로 물은 물대로
땅과 바다로 선명하게 구별되도록 만들어
저마다 아름답게 하였다

환인천제는
환웅천황의 됨됨이가
누구와도 비교할 수 없이 훌륭하고
세계를 다스릴 능력이 차고 넘치므로
세상을 다스리는 권한을
훗날 이 아들신에게 넘겨주기로 마음먹었다
그 후로는
하늘의 깊고 높은 곳에서
말없이 스스로 푸르게 빛나고만 있는
드넓은 하늘빛으로만 펼쳐져 있기로 결심하였다

너야
하늘도 자식을 낳는다
하나님이 예수를 낳듯이
환인 하늘이 환웅을 낳듯이
해탈 부처가 미륵 부처를 낳듯이
자식을 낳는 것은
존재의 본질이며
자연의 속성이며 대전제이다
너는

자식을 낳아야 한다

너는 인간의 자식이며

자연의 자식이다

너는 기계의 자식이 아니다

네가 비록 기계와 더불어 몸을 키웠다 해도

너는 기계의 자식이 아니다

기계가 너를 낳지는 못한다

너는 기계가 아니다

기계는 자식을 낳지 않는다

자연은 자연이고

기계는 기계이어야만 한다

너는 인간의 자식이고

자연의 자식이다

너는 인간을 낳아야 한다

너는 자연의 자식을 낳아야 한다

55 환웅천황의 첫 번째 하늘전쟁

환웅천황이
환인천제의 명을 받아 열심히 일을 하는 시절에
멀리 떨어져 살게 된 각 지역의 신들 중에는
거친 남성성과 과도한 욕심을 가진 신들이 있었다

욕심을 참지 못한 신들이
착한 신들과 동쪽°과 서쪽으로 갈려서
전쟁을 일으켰다

성질이 거칠고 욕심이 많은 신들은
욕심 때문에
아름다운 동쪽 하늘의 풀밭을
이미 일찍이 차지하고 있었다

동쪽 하늘의 욕심 많은 신들과
서쪽 하늘에 모이게 된
환웅천황을 비롯한 성정이 맑은 신들은
서로 격돌을 하게 되었다

전쟁의 결과

착한 신들이
결국 욕심 많고 거친 신들을 물리치고
그들의 몸을 산산이 조각내어
지상으로 내던졌다

지상에 버려진
나쁜 신들의 몸 조각들이
나쁜 기운으로 뭉쳐
마고신 시절에 횡행한 악신의 행태처럼
가뭄과 홍수,
질병과 빈곤의 귀신이 되어 지상 세계를 괴롭혔다

전쟁의 시작은
동쪽 하늘의 욕심 많은 남성신이
부하 신들을 보내
중재와 화평의 신이면서
천상의 가운데에서 가장 높게 은빛으로 고요히 있는
흰 산의 신을
자기편으로 회유하려고 하였다

환인천제의 능력을 이어받아
천만리를 볼 수 있는 눈으로 그 사실을 알게 된
환웅천황은
역시 부하 신들을 보내 동쪽의 신들을 물리치라고 하였고

양쪽의 부하 신들은

천둥과 벼락,

바람과 눈,

거친 비를 동원하여 그것들을 서로에게 퍼부었고

상대방에게 주먹질과

발길질을 하였다

결국 싸움에서 진 동쪽의 욕심 많은 신은

그 뜻을 접을 수밖에 없었다

몇 차례의 이 하늘전쟁이 끝나고 나면

환웅신은

지상에 내려가서

자기가 가장 사랑하는 천손족인

황궁씨족 사람들과 함께

욕심 많은 신들이 머물렀던 하늘의

아래인 지상에 있는 거칠고 먼 길을 지나

마고신이 만들어놓은

아름다운 동방의 땅을 향해 한마음으로 나아가게 된다

동방의 해 뜨는 땅으로 백성들과 함께 나아갈 때

하늘전쟁 중에 땅으로 떨어진,

욕심 많은 신들의 조각난 몸들이 변해서 된,

갖은 악한 것들이 일으킨

크고 작은 전쟁에 맞닥뜨리거나
그들이 만든 혹독한 자연환경을 겪게 된다

결국은
그것들을 모두 이겨내고
백산과 흑수가 있고
백두대간이 뻗어나간
그리고 그리던 약속의 땅인
아름다운 동방의 땅에 도착하게 된다

너야
나쁜 것은 반드시 파편과 흔적을 남긴다
나쁜 것을 만나 이겨낸 후에도
나쁜 것이 남긴 후유증을 잘 살펴야 한다
방심해서는 안 된다
나쁜 것들은 파편도 힘이 있다
착한 것들은 다만
향기를 남기는데
나쁜 것들은 흔적도 나쁜 힘이 있다
너야
너는
어디서나
언제나
향기를 남기는 인간이다

아름다운 인간이다

나쁜 것을 이겨내는 인간이다

○ 북방 문명길에서는 최초에 해 뜨는 쪽을 동쪽이 아니라 앞쪽 혹은 남쪽으로
　표현했고, 오늘날과 같이 동서남북을 표시하게 된 것은 몽골의 경우 1207년
　이후이다. 여기서 동쪽이라고 표현된 것은 북방 바이칼 게세르 신화의 원전을
　그대로 따온 것으로, 최초에 부르던 표현일 것이다. 지금 부르는 방향으로는
　자연재해가 상대적으로 심한 북쪽인 것으로 여겨진다.

56 환웅천황의 두 번째 하늘전쟁

부하 신들을 보냈으나 실패한 후
동쪽 하늘의 욕심 많은 신의
욕심 많은 세 아들신들은
다시
또 높은 흰 산의 신을 자기 편으로 끌어당겨
자기들이 사는 곳으로 모셔올 생각으로
살며시 접근하였고

환인천제의 신령스런 힘을 이어받은
환웅천황이
그 사실을 눈치채고
환인천제의 마구간에서
환인천제의 천마를 꺼내어 올라타고
이번에는 직접
흰 산 쪽으로 바람처럼 공중을 날아갔다

환웅천황은
욕심스러운 신의 세 아들신과 일대일로 싸워
그들의 배를 뾰죽한 창으로 찔러
간장을 상하게 하였고

비록 적이었지만 세계의 맨 밑인 죽음의 하계가 아닌
중간계인 인간들이 사는 지상으로
그들의 몸을 내던졌다

욕심 많은 신의 세 아들신의 몸은 땅에 떨어져서
각각 여러 지역의 사악한 왕이 되었고
그들로 인하여
그 후로
본격적인
지상에서의 전쟁들이 시작되었다

너야
욕심쟁이는 반드시 있고
주변에 분란을 일으킨다
모든 불행의 원인은
욕심쟁이이다
너야
네 마음속에도 욕심쟁이가 산다
그가 탐욕을 부린다면
그를 멀리해야 한다
그만큼 고통이 적다
그만큼 분란이 적다
그만큼 불행을 덜 수 있다

57 환웅천황의 마지막 하늘전쟁

세 아들을 잃은
동쪽 하늘의 욕심 많고 가장 힘센 아버지신은
아주 거대한 전쟁을 시작하였다

안개의 신에게는 밤낮을 가리지 않고
짙은 안개를 뿜어내게 하였고
저녁과 어두움의 신에게는
암흑을,
추위의 신에게는
세상을 꽁꽁 얼리는 차가운 냉기를 펼치도록 명령하였다

서쪽 하늘의 착하고 맑은 성정의 신들과 환웅천황,
그리고 그들과 힘을 합한 환인천제는
그것들을 이겨내고 전쟁에서 승리하였다
동쪽의 욕심스런 신을 밀어내었고
결국 그의 몸을 쪼개어 지상으로 몰아냈다

그 후로부터
땅 위에는 가뭄과 기근이 생겨났고
세상에는 포악한 왕이 더 늘어나게 되었다

인간들이 사는 땅 위에
극심한 가뭄이 왔을 때
환인천제를 믿는 사람들은
그들의 영적 지도자와 함께
간절한 기도를 하늘에 올렸고

환인천제는
흑수와 백산이 있고 백두대간이 있는
동방의 땅에서 살기 위해
얼마 후면 지상으로 내려가게 되는 환웅천황에게
땅 위에 도착하면
우선 대지의 가뭄을 먼저 물리쳐주라는 명을 내렸다

환웅천황은
지상에 내려온 후에
땅 위에 떨어진 욕심 많은 신의 몸뚱이가 변해서 된
악한 기운인 가뭄의 귀신을 물리쳐서
기근을 해결해주었고

어두운 숲의 지배자인 악령과
사악한 괴물,
악명을 떨치던 여러 명의 거친 왕들과
바다 괴물 등과의 싸움에서

모두 승리하였다

그런 일들을 겪으면서
해 뜨는 동쪽 땅으로
자기의 백성들과 함께
끝까지
나아가고 나아가게 되었다

너야
홍수보다 가뭄이 더 무섭다
넘치는 것은 피할 곳이 있다
없는 것은 피할 곳이 없다
자연은 넘쳐서도 안 되지만
없어져서는 더욱 안 된다
생물 종들이 멸종을 해서 없어져도 안 되고
맑은 공기와
먹을 물이 부족해져도 안 된다
너야
너의 주변에
좋은 사람이 없어지거나 부족해져도 안 된다
삶은 주변 사람들과 함께 시간을 사용하는 것이다
주변에 좋은 사람이 부족하지 않으면
네 삶의 시간은 좋은 것이고
주변에 좋은 사람이 없거나 부족하면

네 삶의 시간은 외롭고 힘들다
너야
네가 좋은 사람이 되면
좋은 사람들이 네 곁에 모여든다
꽃밭에 꽃들이 함께 모여
아름답게 피어 있는 것처럼
네가 자연을 아끼고
생태 환경을 보호한다면
자연은 너의 좋은 친구가 되어
네 삶의 좋은 시간을 함께한다
네가 좋은 사람이 되어
네 곁에 좋은 사람들과 좋은 자연이 함께 있으면
너는 참으로 행복한 시간을 보낼 수 있다
너는 진정 복된 사람이 된다

58 환웅천황과 사람들

만물을 탄생시키는 여러 시기에
생명을 지닌 것들의 어른 격으로
훗날 만물의 영장이라고 불리우게 된 인간들이
마고신에 의해 이렇게 저렇게
몇 차례 만들어졌다

그렇게 탄생된 인간들 중에
환인천제가
마고 여신으로서 마고성에 있었을 때에
자매신이고 딸신인 윗몸신, 아랫몸신 즉
궁희, 소희에게 명령하여
특별히 탄생시킨 천인의 후예들이 있다
그중에서도
하늘의 신령스러운 성품과 곧고 맑은 기운을 가진
천손족의 큰 어른인
황궁씨족의 후예인 사람들이 있었다

마고 여신의 후손들 중 큰 자손인
황궁씨족들은
모두 위대한 하늘을 닮아

선한 신들의 성품과
착하고 따뜻한 마음과
서로 돕는 풍속을 지녔다

천손족인 황궁씨족의 후예들은
사방으로 퍼져나간 다른 씨족의 인간들이 하늘의 뜻을
되찾을 수 있도록
정기적으로 찾아가서 가르치는 노력을 하였고
다른 사람들을 위하는 마음과
널리 세상을 이롭게 하리라는 생각을
늘 갖고 있었다

깨끗한 것을 좋아했고
흰옷 입기를 즐거워했으며
신과 조상들을 지극하게 모셨다

천손족인 황궁씨족들은
지혜롭기 그지없어서
하늘과 땅 그리고 인간의 도리를
깊이 깨우치고 있었고
어리고 약한 것들을 위해
불을 피우고 배와 수레를 만들었고
갖은 지혜의 책들과 문자를 만들기도 하였다

자연을 사랑하였고
산에도 강에도
바람에도 바위에도
신들이 사신다고 여겨
자연을 귀하게 받들었다

춤과 노래를 항상 즐겁게 가까이했고
세상 만물에 감사하는 마음을
본성으로 갖고 있었고
모든 사람들이 맑은 눈빛으로
하늘의 푸르름을 닮고자 하였다

환웅천황은
하늘전쟁이 끝난 후
인간 세상을 살펴보다가

하늘의 밝음을 숭상하면서
하늘의 밝은 빛을 닮고자 하는 성품을 가져서
밝달족
혹은 배달족이라고도 불리우는
황궁씨족 후예들이 살아가는 모습을 보게 되었고
밤이나 낮이나
그들을 사무치게 좋아했다

마고신이었고
높고 푸른 하늘의 푸르고 환한 빛이 된
환인천제도
밝달족 사람들이 사는 모습을 바라볼 때마다
참으로 흐뭇하였다

너야
인간은 원래
맑은 천성을 지녔다
모두 하늘의 자손이기 때문이다
모두 자연의 자식이기 때문이다
어린아이를 보라
착하지 않은 어린이는 없다
살아가면서
생존을 할 수 있을 만큼 주어진 욕구를
생존을 넘어서서 부자가 되기 위해
과도한 욕망으로 사용하면서
나쁜 짓들이 나타나게 되었다
너야
욕망을 조절해야 한다
개인도, 집단도, 나라도 마찬가지다
옛적부터 지금까지 다른 나라를
침략하지 않고
평화와 호혜를 숭상한

개인, 집단, 나라가 있다
네가 속한 곳이
바로 그곳이다
네가 태어나고 살아가는 곳이
바로 그곳이다
밝달족의 나라
배달의 나라가 바로 그 나라이다
너의 나라는 선한 나라이다
너의 나라는 세상을 사랑하는 나라이다

59 환웅천황, 허락을 받다

하늘전쟁도 끝이 나고
만물이 합당하게 생육되면서
세계가 점점 완전해지자

환인천제의 아드님인
환웅천황은
천손족이며 자신을 닮은,
자신이 가장 사랑하고 어여삐 여기는
황궁씨족의 후예들인, 밝달족이라고 불리우는
밝고 맑은 한 무리 인간들을
자나 깨나 그리워했다

환웅천황의 애달픈 마음을 잘 아는
환인천제는
환웅천황이 바라고 바라는 것을
드디어 허락하게 되었다

환웅천황이
인간 세상에 내려가
밝달족 사람들과 함께 영원히 살아가도록 하였다

살아갈 땅은
환인천제가 아직 마고 여신이었을 때
찾아내고 만들었던
태양이 맨 먼저 떠오르는 동방의 대륙이었다

만물이 생육하기에 가장 좋은
흑수와 백산과 더불어
삼위산과 태백산이 있는 광활한 동아시아 벌판과
백두산과 한라산이 있는
백두대간을 점지하였다

환인천제는
신령스런 그 땅 위에서
환웅신과 밝달족 인간들이
무궁토록
끝까지 서로 위하고 평화롭게 번성하라고 하였다

하늘의 한가운데이고
하늘의 가장 높고 가장 깊은 곳인
환인천제가 머무는 곳에서

환웅천황은
태양이 맨 처음 떠오르고

아침 빛이 첫 꽃처럼 피어나서
맑고 뜨겁게
하늘과 땅을 물들이는 신성한 대지로
나아갔다

환인천제의 나라인
하늘나라를 떠나
영원히 살아야 할
인간의 대지에 발을 딛게 되었다

너야
누구나 언젠가는 떠나야 한다
부모를 떠나고
고향을 떠나고
학교를 떠나야 한다
너야
떠나는 것을 두려워하지 마라
떠나는 것을 거북해하지 마라
너야
떠나야지만
새로운 것을 만날 수 있다
새로운 것을 할 수가 있다
너 자신을 새롭게 만날 수 있다
너야

떠나가야 할 때

오히려 즐거워하라

결코

겁에 질리지 마라

두려워하지 마라

너 자신이 새롭게 되려는

새로운 시작일 뿐이니 오직 기뻐하라

60 천부인 이야기

환인천제가
인간 세상으로 떠나는
사랑하는 아드님인
환웅천황을 위하여 하늘신의 증표인
천부인 세 가지를
내려주었다

먼저 검을 건네주었다
단단한 청동으로 만들어졌으며
부드러운 곡선의 검날과
어여쁜 손잡이를 가진
아름다운 무기였다

세상에 처음 나타나는 형태의 검이었으며
삿되고 악한 것들을
자르고 물리치는 신령스러운 힘이 들어 있었다
나쁜 것들이 감히 가까이 다가올 수가 없었고
몸에 지니고 있으면
몸 전체가 신비한 하늘의 기운으로
가득 차게 되어

칼을 지닌 존재를 영험한 존재가 되게 하는 것이었다

다음으로
거울을 내려주었다
역시 신비로운 청동으로 만들어진 것이고
하늘을 뜻하는 둥근 모습에
뒤쪽 면에는
하늘의 힘과 하늘의 신묘함이 세밀하게 음각으로 새겨져
있었다
강한 번개 모양 같고
생명을 키우는 봄비의 모습 같고
어쩌면 결코 꺾이지 않는
생명의 꿈틀거림 같기도 한 무늬였다

앞면인 거울 면은
언제까지나 시들지 않는 금빛으로 번쩍였고
비추는 것들의
속마음과 속뜻을 거울 면에 다 드러내었다
거울을 지닌 자는
늘 깨끗한 하늘빛 생각을 지닐 수밖에 없었고
그 앞에 선 것들은 무엇이라도
거울의 눈을 피할 수 없었다
거울은 전능한 힘을 가진 하늘의 눈이었다

환인천제는
마지막으로 작은 둥근 방울이 연이어 연결된
아름답고 커다란 방울을
아드님 환웅천황의 손에 들려주었다
역시 아름다운 황금빛 청동으로 만들어져
그 방울이 울리게 되면
그 소리를 듣는 만물들이 다소곳하게 따라서 떨리게 되는
신령스러운 능력이 청동 방울 안에 있었다

환인천제의 음성이 청동 방울 안에 깃들어 있어서
그 방울 소리로
악한 것들을 모두 사라지게 할 수 있었고
앞으로 일어날 일이 눈앞에 나타나 보이게 할 수도 있었고
죽은 자들의 음성을 다시 들을 수도 있었다

짤랑
짤랑거리는 순간
듣는 모든 것들의 마음을
하나로 묶는
아름다운 신비가 숨어 있었다

환웅천황은
신비한 검은 허리에 차고
신묘한 거울은 가슴 앞에 매어달고

신통한 방울은 손에 들고
영원히 살아갈
인간 세상을 뜨거운 눈빛으로 내려보았다

너야
네가 하늘이 낳은 생명이라는
증거가 있다
천부와 천인이 있다
천부인이 있다
하늘에 가득한 바람이
너의 숨결인 것이 그 하나이다
하늘에 가득한 빛으로
네가 볼 수 있는 것이 그 둘이다
하늘에 가득한 빗방울이 결국
네가 마시는 물이 되는 것이 그 셋이다
이들이
네가 하늘이 낳은 생명이라는 증거이다
부인할 수 없는 천부인이다
너는 하늘이 낳은 생명이다
너는 결코 작고 하찮은 사람이 아니다
너는 하늘의 사람이고
거대하고 귀중한 사람이다
생멸에 관계가 없이
너는

언제나 하늘 그 자체이다
태어나기 전에도
태어나서도
죽음 후에도
하늘 그 자체이다

61 세 도움신에 대하여

사랑하는 아들신인 환웅천황을

인간 세상으로 떠나보내면서

하늘신인 환인천제는

아들신을 도와줄 신으로

세 명의 신을 같이 내려보내기로 하였다

먼저 바람의 신으로

보드라운 봄바람이다가

폭풍이 되기도 하고

서늘한 가을바람이면서

차가운 삭풍도 되는

비렴飛廉이라고도 불렀던

풍백風伯이라는 바람신과

비의 신으로

우사雨師라고 불리우면서

생명을 키우는 봄비이다가

장맛비이기도 하고

추적추적 내리는 가을비이면서

차가운 겨울비이기도 한

신과

운사雲師라고 불리우는
구름의 신이 바로 그 신들이었다
운사라는 신은
하얗거나 잿빛 덩어리로 햇빛을 가리기도 하고
나타났다 사라지는 모습으로
만물의 생멸을 또렷하게 내보여
존재의 무상함을 표징하기도 하였다
운사는
곧잘 번개와 천둥의 힘 같은
강력한 힘을 내보이는
신이기도 하였다

환웅천황은
새 나라의 입법, 행정, 사법을 담당할
풍백, 우사, 운사 들과 함께
밝달 사람들과 같이
영원히 복되게 살아갈 것을 생각하니
참으로 기뻤다

너야
바람 같고
비 같고

구름 같은

친구가 있어야 한다

바람처럼

너에게 자유를 가르쳐주고

가고 싶은 곳을 함께 가주는 친구와

비처럼

너의 들뜬 마음을 적셔주고

마음의 샘물을 채워줄 친구 그리고

구름처럼

너의 생각을 깊어지게 하고

하늘을 깊이 바라보게 하는 친구가

있어야 한다

바람 같고

비 같고

구름 같은 너에게는

62 풍백의 노래

환인천제여
저는 몸도 마음도 가볍습니다
저는 바람이고
투명한 신입니다

어느 곳에라도 쉽게 스며들 수 있고
어디든지 갈 수 있습니다

목숨을 잇는 것에 지쳐
무상無常에 빠진
어두운 시간 같은 것들이 고인 곳에서부터
새싹 같은 생명들이 살아나서
푸른빛으로 세상을 가득히 채우는
봄날의 어느 들판까지
불어갈 수 있습니다

생명이 있거나
없는 것들의 어깨를 어루만지며
북돋우기도 하고
강렬한 폭풍이 되어

현재를 벗어나기를 싫어하는
모든 아집과 고집들을 허물 수도 있습니다

저는 다짐합니다
환웅천황과 함께하면서
그의 앞길을 늘 봄바람처럼 쓸어
깨끗이 할 것이며
천손족인 밝달족들이 새 나라를 이룩하는 데
방해가 되는 삿된 것들을
깨끗이 다 날려버리겠습니다

환웅천황의 백성들이
한 나라를 이루어 살아갈 때
살랑살랑 불어가서
마음들을 하나로 되게 하여
환웅천황의 한 나라로서
밝달족의 한 나라 한 세상을 이루어
다 같이 함께 복된 역사를 살아가게 하는 데
온몸과 온 마음을
바치리라고 스스로 맹세합니다

저는 환웅천황의 심부름꾼이면서
벗이고
신하이면서

천손인 밝달족 인간들의 영원한 친구입니다

저는 밝달족 사람들 곁에 항상 있겠습니다
그들의 삶과 죽음 곁에
늘 함께 있겠습니다
저는 언제 어느 곳에라도 찾아가서
스며드는 임무를 지닌 존재입니다
밝달국 사람들이 세상의 다른 씨족들에게
널리 이로운 일을 할 때도
함께 불어가서 힘을 보태겠습니다

저는 정해진 몸체가 없는 자유의 힘을 가졌고
강하게 불어갈 때의 강력한 힘을 지닌
모든 것들이 두려워하는 대상이기도 한
신입니다

그런 점에서 또 저는 빛과 같고
시간과도 같습니다
영원하면서도 찰나의 순간에도 머뭅니다
항상 사람들 곁에서
그들의 생로병사와 함께합니다

환웅천황과
천손족인 밝달족 사람들의 새 나라인

배달국이라고도 불리우는

밝달국의 무궁한 역사와 시간들에

끝없이 불어가서

그들이 언제나

융성하게 살아 숨 쉬도록 하겠습니다

63 우사의 노래

환인천제여
환웅천황을 인간의 세상에서
살아가게 해야 할 때
제가 같이 가야 할 수밖에 없습니다

저 우사는 비를 관장하는 몸으로
봄비가 되어
대지를 적시고
생명들을 되살아나게 할 수 있습니다

환웅천황과
천손족인 그의 백성들이
대지에 뿌리를 내리고
스스로 이로운 사람이 되어서
주변의 모든 생명을 이롭게 하면서
자자손손 살아갈 수 있게
대지가 목말라 할 때 대지를 적셔
기름진 옥토가 되게 할 수 있습니다

인간들이

제멋대로 고마움을 잊고 분수를 모를 때
장맛비가 되어
석 달 열흘을 쏟아질 수 있고
길고 긴 우기에 잠긴 모든 지상의 목숨들이
하늘 앞에 다시금 순한 생명이 되어
세상의 맨 처음 때처럼
고요히 순명하게 할 수 있습니다

가을비가 되어
인간의 마을을 적시기도 할 것입니다
지금 이 찰나의 귀중함과
그것을 얻는 그 순간에만
고요히 열리는
영원의
아름다운 평화를
밝달족 인간들에게 또렷이 보여주기 위해
추적추적
몇 날이고 몇 달이고 내려
온 나라를 적시기도 할 것입니다

환인천제여
저는 겨울비도 될 것입니다
인간의 나라가 혹시 북풍에 지고
흰 얼음에 갇혀

다만 죽은 듯이 연명을 해야만 할 때가 온다면
차가운 빗방울이 되어
사람들의 이마를 때리고
살갖을 어루만지며 그들의 심장을 깨울 것입니다

겨울은 또 곧 끝날 것이니
주저앉아 허물어지지 말고
계속 역사를 끌어가자고 할 것입니다

환웅천황이
황궁씨의 후예이며 천손족인
밝달족들과 함께
영원한 시간의 길을 갈 때
저는 언제나 앞서서
우줄우줄 춤을 출 것입니다
기쁨과 축원의 몸짓으로
온 하늘과 땅 위를 싱그럽게 수놓을 것입니다

찬란한 무지개는
언제나 저의 순결한 약속일 것입니다

64 운사의 노래

하늘이여
저는 자유롭게 떠돌 수 있어 행복합니다
바라보는 누구에게라도
새로운 꿈을 꾸게 하고
먼 길을 떠나게 할 수 있어
자부심을 갖습니다

저절로 생겨났다가
몸꼴을 바꿔가면서
시나브로 사라져가는 것이 제 일이기도 합니다
하늘의 높고 넓고 깊은 속뜻을
제 방식으로
제 모습으로 보여주는 것이지요

저를 바라보고 또다시 깨우친
천손족 밝달국 사람들이
세상 사람들에게 널리 진리를 펼치고 가르칠 때
진리의 모범으로
하늘에서
부유하며 생멸하겠습니다

천둥과 번개도 제 몫입니다
지상의 인간들에게
하늘의 위용을 나타내 보이고
그것을 경험한 인간들에게
겸손과 합일을 행하게 합니다

환웅천황의 밝달국 나라가
멸망하지 않고 끝까지 번성할 수 있도록
큰 천손이자 황궁씨의 후손들인
밝달족 사람들의
개척 정신과 모험심을 북돋우고
자유를 위한 행동과
꿈을 위한 실천을 독려하겠습니다

저는 구름의 신으로
환웅천황과 그의 천손족 밝달족의 나라에
영원히 머물겠습니다
그들의 혼백과 하나가 되어
나라를 끝까지 지키겠습니다

백성들이 가는 무궁한 시간의 길을
함께 떠가며
거대한 징과 꽹과리 소리 같은 천둥소리로

격려와 상찬의 음악도 들려주겠습니다

결코 지치지 말라고,
어떤 경우에도 무너지지 말라고,

가장 아름다운 지상의 나라가
우리 황궁씨족 밝달 사람들의 배달국이고,
시작부터 끝없는 끝까지 하나로 한 몸으로
영원히 우리는 결코 서로 갈라질 수 없다고요

단 하나뿐인 우리의 나라는
하나의 나라로 결단코 분단되지 않고
영원히 지지 않는
불멸의 꽃으로
지상의 끝까지 피어 있을 것이라고요

65 환웅천황, 드디어 동쪽으로 향하다

지상으로 내려온 환웅천황은
황궁씨의 후예로 천손족인
밝달족 사람들 삼천 명, 혹은 육만 명과
풍백, 우사, 운사 세 명의 신을 거느리고
천부인
세 개를 지닌 채
해 뜨는 땅으로 향하였다

목적지는
비옥한 물이 흐르는 흑수와
산에 흰빛의 나무들이 눈이 쌓인 것 같이
하얀 숲을 이룬
백산이 있고
산꼭대기에 천지 연못이 푸르게 출렁이는
백두대간이 있는 신령스러운 곳이었다
마고 여신이 오래전에 마련해놓은
성스러운 강토였다

수레를 만들어 밀고
등짐을 지고

젊은 사람들이 아이들과 노인들을 업고
긴 길을 앞서거니 뒤서거니 걸으며
동쪽 땅으로 가는 동안에
숲과 강과 들판에서
수많은 나쁜 왕들과의 싸움이 있었고
그때마다 환웅천황과 밝달족 사람들은 승리하였다

가뭄과 홍수
기근과 안개
어둠과 추위도 모두 이겨내었다

지나치는 지역의 악한 왕들과
탐욕스런 도둑 떼와
사나운 짐승들을
때때로 치우천황이라고도 불리우면서 물리쳤으며

새벽마다 떠오르는 붉은 해를 바라보며
해 뜨는 쪽으로
동쪽으로
동쪽으로
끝까지 나아갔다

너야
함께한다는 것은 아름답다

한 곳을 향해
다 함께 간다는 것은
가슴이 벅차오르는 일이다
눈시울을 펑펑 적시는 일이다
너야
함께 가자
하나가 되는 곳을 향해
함께 가자
평화와 배려,
사랑과 연대가 있는
하나가 되는 곳까지
함께 가자
남북이 통일이 되고
동서가 기어코 하나가 되는 대동 세상을 위해
하나인 세계, 하나인 우주를 향해
그곳
한 곳을 향하여
함께 가자

66 환웅천황의 인간전쟁

세계로 번져나간 인간들이
갖가지 이유로 욕심을 버리지 못해
서로 싸울 때

갖은 무리들이 밝달족을 침략해올 때
환웅천황은
무기를 만드는 일을 하고
나라를 지키는 군사들을 지휘하는
치우씨라는 관직의 신하에게
전권을 주어
싸움을 평정케 하거나
본인 스스로 전쟁에 뛰어들어
여러 번의 전쟁에서 승리하기도 하였다

치우씨라는 신하가 나가서 승리를 했을 때도
치우라는 명칭이
환웅천황의 다른 이름으로 여겨져
치우라는 천황의 승리라고
세상에 알려지기도 하였다

너야
마지막 전쟁에서 실패했다고 알려진
치우는 억울하다
치우는 신원伸寃받아야 한다
너야
너는 억울하다
너의 마음은 억울하다
네 마음의 억울함은 풀려야 한다
이야기에만 남아 있어 실체를 알 수 없는 치우와
형태가 없어 실체를 알 수 없는 너의 마음은
같다
똑같다
힘이 센 것도 같고
전쟁을 자주 치르는 것도 같고
오해를 받는 것도 같다
상처를 받는 것도 같다
너야
치우와 너의 마음의 억울함은 풀려야 한다
치우의 진실은 명백하다
너의 마음의 진실도 명백하다
너의 몸이 이야기 속으로 들어간다고 해도
너의 진실한 마음은
치우 이야기처럼 지상에 남아
영원히 명명백백하다

67 환웅천황의 홍익인간

세상 곳곳으로 퍼져나간 인간들이,
맑고 밝게 세상 만물을 조화롭게 하면서
율려와 역수 속에서 천인으로 살던 때의
근본을 잃고,
본분을 놓치고
이웃의 인간 족속들과 서로
다툴 때가 많아졌다
환웅천황은
싸움을 화해하게 하고 그치게 했다
피할 수 없이 해야만 하는 싸움은 용감하게 맞붙어
반드시 이겨내었다

환웅천황은
배와 바퀴가 달린 수레를 만들어
먼 길을 갈 수 있게 하였고
궁실을 지어 사람들이 살게 하였다

사람들이
입고 먹는 일에만 열중하므로
4조의 법을 만들어 시행하게 하였다

1조는 행실을 바로 하고 서로 숨김이 없으라는 것이었고

2조는 업적은 죽은 뒤에 공을 칭송하고, 재물은 함부로 허비하지 말고,

업적과 재물로 서로 다투지 말고 서로 화합하라는 것이었고,

3조는 나쁜 고집이 세고, 미혹하고, 간사한 자는 귀양을 보내고,

4조는 죄를 크게 지은 자는 아주 먼 곳으로 유배를 보내고, 죽은 뒤에는

시체를 태워서 죄업이 지상에 남지 않게 하라는 것이었다

환웅천황과 밝달족 사람들은
배를 타고 바다를 건너서까지
사해를 순방하면서
천부삼인을 내보여 비추어 황궁씨의 후예임을 나타내며
근본을 잊지 말고
맑고 밝은 하늘의 성정을 되찾을 것을 호소하였고
더불어
모든 종족들의 소식이 서로 소통되게도 하였다

맑은 성정을 되찾아
신령스런 생활로 되돌아갈 것을 권하였고
복본의 정신을 잃지 않도록 하였다

환웅천황은
여덟 개의 말과 두 개의 글을 알고
역법, 의약술, 천문, 지리를 저술해서
인간들에게 학문을 하게 하여
어리석고 어두운 인성을 깨우치게 하였다

환웅천황과 밝달족 사람들은
지상의 모든 곳에 퍼져 사는
모든 인간들에게
두루 이익이 되도록
모든 마음을 다하여 노력하였다

결국
환웅천황의 수고로운 활약으로
세계는 더욱 완전해졌으며
인간의 삶은
좀 더 정돈되었고
하늘의 본분을 잊지 않게 되었다
만물들이 모두
그전보다
풍요로운 생육을 하게 되었다

너야
어느 시대에나

지도자 집단은 있다

앞으로 나아간 민족은 있다

예를 들면 영국이 그렇고 미국이 그렇다

환인의 후예로서 환웅천황과 함께한

우리 선조들이

세상의 지도자 씨족이었다는 이야기가

지구별의 문명길에 지금 남아 있다

너야

네가

이 이야기를 보고 듣고서

힘을 얻고

상상력을 더욱 발휘하길 진정으로 원한다

네가

새로운 문명길을 만들고

새로운 문명을 세계에 퍼지게 해서

평화와 사랑으로 지구별이 하나가 되게 하길 원한다

인간들이 하나가 되고

인간과 자연이 또 하나가 되어

지구별이 영원히 평화와 평온을 얻게 되는,

새로운 문명을

네가 개척하길 원한다

너야

네가

인류를 서로 돕고 서로 위하게 할 수 있다면,

태초에는 인간이 한 가족이었고,

모든 자연이 한 가족이었다는

이 이야기처럼

자연과 인류를 한 가족으로 영원하게 할 수 있다면,

너는

이 이야기의 주인공인 것이다

너는

위대한 환웅천황인 것이다

68 자기들의 땅에 도착하다

오랜 시간이 흘러
드디어
환웅천황과 삼천 명 혹은 육만 명의 밝달족 사람들은
흑수와 백산이 있는
동아시아 북부의
광활한 대지에 도착하였다

환인천제가 아직 마고신일 때
마음을 다해 온몸으로 만들어놓은 곳이었고
그녀의 자식인 천손족 인간들이
영원히 복되게 살아가기를 원했던,
밝은 햇빛이 가득하고
높은 하늘이 눈부시게 푸르른
세상에서 가장 아름다운 땅이었다

풍부한 영양 성분이 가득 찬 강물이 흘러
검고 진하게 보여 흑수라고 불리는 강이 있고
드넓고 비옥한 벌판과
끝이 보이지 않는 광야가 있었다
산은 높고 거대했으며

백색의 신령스런 나무들이
숲을 이루고 있었으므로 백산이라고 불리운 산과
태백산이 있었다
동쪽으로는 멀리 백두대간이 뻗어 흘러가고 있었다

산의 모습이
하늘나라 가운데 있는 흰 산을 닮아서 신령스러웠고
산의 깊은 곳
광대한 분지에는
하늘에 가닿는, 높고 커다란 나무가 성스럽게 서 있었다

환웅천황은
하늘에 닿는 그 나무 아래에서 기도를 올리면
아버지이시고 하늘신이신 환인천제가
곧바로 기도를 들으신다는 것을 알았다
그 나무는 신단수였다

태백산 신단수 아래에 도착한 환웅천황과
밝달족 사람들은
신단수 아래에서
하늘나라의 환인천제에게
기쁨과 감사의 제사를
삼칠일, 스무하룻날 동안 올렸다

춤과 노래,
기도와 기원을 계속하였고
모든 나쁜 일들과 액들이 침범치 못하게
커다란 굿판을 벌였다

제사와 굿을 마치면서,
마고신이기도 한 환인천제의
후손이자
황궁씨의 후예인 천손족 밝달족 사람들이
환웅천황과 함께
위대하고 신성한 나라인 밝달국을
건국하고
신시神市를 열었음을 하늘에 고하였다

이때
기왕에 살고 있던 인간들과
사방으로 퍼져나갔던 다른 인간 씨족들을
신시로 불러들여
가장 큰 천손족의 건국을 알렸으며
하늘 아래 인간 씨족들이 하나임을 상기시켰고

정기적으로
신시를 열어 먼 지방의 인간 족속들이
함께 모여서 제사와 굿을 하고

지식과 지혜를 배우고
맑은 성정을 되찾도록 하였다
마고성을 떠나올 때 마고신에게 한 서약대로
본래의 성정으로 되돌아갈 것을
깨우쳐주었다

또한
여러 가지 문물을 서로 교역하게 하여
생활이 풍요롭게 되도록 하였다
널리 널리 인간들을 이롭게 하였다

69 환웅천황과 밝달족의 나라

태백산 신단수 아래에서
신시를 열어
수도를 정하고
밝달국 새 나라를 선포한 이래로
천손인 밝달족의 사람들은
오직 평화롭게만 살았다

환웅천황은
풍백, 우사, 운사,
세 신과 함께 백성들이 평안하게 살 수 있도록
언제나 그들과 함께했으며
다른 민족을 침범해 전쟁을 일으키거나
세상을 이롭지 않게 하는 일은
결코 하지 않는
평화의 나라를 이룩하였다
세상에 흩어진 다른 인간 족속들을 이롭게 하기 위해
최선을 다하였다

곡식, 수명, 질병, 형벌, 선악을
완전하게 관장하였고

인간 세상의 삼백예순 가지 일을 주관하였다
규칙과 법을 만들어 시행하였고
행정을 도입하여
백성들이 고루 잘살게 하였다

양가, 우가, 마가, 저가, 구가인
오가의 백성들에게 각각의 임무를 주기도 했다
또 기왕에 맡은 일에 더해서
풍백에게는
새와 짐승들로 인한 피해를 없게 하고
운사는 혼례를 정하게 하고
우사에게는 집 짓기와 목축을 맡겼다

그 외의 신인
신지에게는
법과 명령을 주관하여
문자로 기록하여 남기게 하였고
치우씨에게는 병마와 도적 잡는 일을 계속 맡기었다

밝달족은 화평한 삶 속에
각자의 마음이 더욱 온화해졌고
기쁨이 가득하여 늘 노래와 춤 속에서 살아갔다

환인천제의 아들인 환웅천황도

환인천제처럼
인간으로 비유하자면 세세손손 18세손까지
몸을 바꿔가며 1565년이라는
참으로 오랜 시간을 살며 밝달국을 다스렸으며
마지막으로
단군왕검을 낳으시게 되었다

환웅천황은
참으로 위대하게도
인간 세상을 살아가면서
신령스런 천손족 사람들과
아름다운 나라를 이뤄 무궁하게 하였고
지상에 퍼져나간 인간 족속들을
모두
널리
이롭게 하고자 하는 본인의 뜻을
다 이루었다

70 단군왕검의 탄생

밝달국 나라에서
환웅천황과 천손족인 그의 백성들이
평화롭고 행복하게
오래오래 살아오던 어느 날

밝달족이 모여 살아가는 모습을 보고 부러워한
곰과 호랑이가
인간이 되어
밝달족 사람들과 함께 살아보고 싶다는
꿈을 갖게 되었고
환웅천황에게 그 소원을 말하였다

환웅천황은
곰과 호랑이에게 마늘과 쑥을 주며
캄캄한 굴속에서
그것만을 먹으며 백 일을 견디면
인간이 되게 해주겠다고 하였다

참을성이 많고
인간이 되고자 하는 마음이 아주 강했던

곰은
삼칠일 즉 이십일 일을 견디었으나
호랑이는 그 전에 그만 굴을 뛰쳐나가고 말았다

그로부터
그 곰은 여자 사람이 되어
웅녀씨라 불리웠으며
밝달족의 한 사람이 되어 살게 되었다

힘이 세고 영명하고
마늘 속 같은 피부를 가진 웅녀씨는
밝달국에서도 한겨레로 존경을 받았다

그런데 웅녀는
언제부터인가
밤낮으로 신단수를 돌면서
자식을 낳고 싶다고
간절한 기도를 올렸다

그것을 알게 된 환웅천황이
그 진정한 마음에 감동하여
인간의 몸으로 완전히 변하여°
웅녀와 혼인을 하였다

그리고

곧 웅녀는 잉태를 하였고

튼튼하고 귀여운 아이를 낳으니

인간이신 그이가 바로

조선朝鮮의 첫 번째 황제가 되시는

단군왕검이셨다

○ 삼국유사에 최초로 기록된 단군신화에서는 가화假化로 표현되어 있으며, 이
시집에서는 인간이 어떤 것에 지극하면 신과 같아질 수 있으며, 신 또한 그런
인간의 모습 안에서 온전히 발현될 수 있다는 것을 강조하고 있다.

71 단군왕검 황제, 조선을 건국하시다

환웅천황의 아들이면서
천손족인 밝달족 인간의 자식으로
태어난 단군왕검은
밝달국의 산하를 뛰어놀며 자랐다

커가면서 점점 지도자의 자질을 나타내었고
밝달족 사람들은
씩씩하고 용감하고
현명하고 영험한
단군왕검을 점차 따르게 되었다

환웅천황은
단군왕검의 성장이 참으로 기뻤고
단군왕검과 함께하는 밝달족의
멋진, 새로운 미래가
눈앞에 그려져
마음이 편안하였고 스스로 복되다고 생각하였다
그리고
자기가 인간 세상에 내려와
이룩해야 할 것을

다 이루었다는 것을 알았다

그리하여
아들 단군왕검이 성인이 되어
나라의 큰 일과 작은 일을
모두 다 성취하는 능력을 나타낼 즈음

환웅천황은
아들 단군왕검에게
밝달국 나라를 맡기고는

신단수 아래에서 기도하는 중에
바람처럼
구름처럼
봄비처럼
태백산 깊은 골짜기로 날아가
신선이 되어
다시는 인간 세상에 나오지 않게 되었다

단군왕검 황제는
인구가 늘어난 밝달족을 이끌고
태백산을 벗어나
동아시아의 드넓은 벌판의 한가운데 땅인
평양에 새 도읍을 정하고

새로운 이름의 나라를 세웠다

아침 새 빛의 나라라는
조선이라는 이름의 나라가
바로 단군왕검 황제와 밝달족의
새 나라였다
배달의 새 나라였다

72 배달국 조선, 홍익인간을 이루다

단군왕검 황제와 밝달족은
평양에 수도를 정하고
새 나라인 배달의 나라를 세우는데
국호를
조선이라 하였다

마고 할머니 여신이
특별하게
마음을 다해 만든 땅 위에서
하늘신인 환인천제와
환웅천황 아버지의 뜻을 이어받아
아름다운 평화의 공동체를 이루었다

윗대의 선조들이 끊임없이 해온 것처럼
세상의 인간들에게 널리 이로움을 주는 것을
나라가 뜻한 바로 삼았고
하늘의 뜻을 받들기로 하고 인간 세상에 나왔으므로
세상의 인간들을 끝까지 포기하지 않고
세상에 이롭게 있으면서
진리로써 세상을 다스리고 교화하여

밝은 빛으로만 가득한 세상을 만들기를 소원하였다

그 뜻을 잘 받드는 나라로
홍익인간弘益人間을 실천하면서
오랜 세월 동안
이를테면 2096년을
융성하였다

세월이 흘러
천손족 밝달 백성들의 수가 더욱 많아졌을 때
태양 빛이 더욱 찬란하게 빛나는
아사달로 천도를 하였고

그 후로
단군왕검 황제의 나라
조선은
드넓은 동아시아 대륙과 백두대간에서
바람처럼
구름처럼
자유롭게
천둥이 되고
벼락이 되어
강력하게
샘물처럼

봄비처럼
생생하게
태양처럼
찬란하게
지금까지 굳건히 서 있으며

세계를 이롭게 하였고
이롭게 하고 있으며

조선은
지난 세월에도
무궁하였고
앞으로 오는 모든 시간에도
무궁하고 무궁하게
번성하고
번창하였다

'아침 새 빛의 나라'에 내리는 율려의 빛꽃

이안나(신화학자·한국외대 연구원)

프라이는 신화가 아닌 문학은 존재하지 않으며, 문학은 곧 신화라고 보았다. 다시 말해 "신화, 즉 문학은 현실에 의미를 부여하는 제의祭儀인 동시에 현실의 한계를 초월하는 욕망이며, 현실로부터 자유로운 상상력"°이라 했다. 나해철 시인의 『물방울에서 신시까지』는 이러한 신화 문학적 요소를 온전히 보여준 제의적 행위의 결실이라 할 수 있다. 우리의 근원을 찾는 시인의 여정은 태초의 혼돈에서부터 마고 여신의 출현, 천신과 인간의 탄생, 신들의 전쟁, 천인의 삶과 신들의 지상 하강, 천손족의 건국에 이르는 엄청난 시간과 사건을 배경으로 한다.

시인은 몽골 초원에 가서 금방이라도 쏟아질 듯한 수없이 많은 별을 보고 문득 시간을 뛰어넘는 신화적 공간에 서 있는 자신을 감지했다고 했다. 그렇다. 몽골의 초원은 왠지 우

° 노스럽 프라이, 『비평의 해부』, 임철규 옮김, 한길사, 2000, 25쪽.

리 땅인 양 낯설지 않고, 밤이 되면 지구의 뚜껑 위에 서 있는 듯 시공간이 광대하게 열리며 돌연 우주적 기분을 느끼게 된다. 바로 머리 위로 엄청나게 쏟아지는 별들이 발끝을 힘껏 돋우고 손을 뻗치면 잡힐 것만 같다. 세상은 온통 별무리로 빛 바다를 이루고, 내가 서 있는 곳도 나도 하나의 혹성이 된다. 이 글을 쓰는 필자는 몽골에 10년 이상 거주하면서 몽골 신화와 민담, 몽골 전통문화에 관심을 기울여왔다. 그런 연유에서일까, 몽골에서 우리의 근원을 찾고자 했던 시인의 마음에 일말의 동조가 되어 그 근원적 노정이 궁금해졌다. 한편으로 초원의 원시성에서 느낀 공감력이 이 글을 쓰게 했는지도 모른다.

이렇듯 시인은 몽골 초원에서 존재의 시원에 대한 의문과 각성을 시작으로 우리 민족의 기원 신화의 외연을 넓혀간다. 우리 신화에서 압축되거나 생략되어 모호해진 근원적인 부분 또는 단절된 부분들을 몽골, 만주 등지에 있는 신화적 화소와 상상력으로 연결시키고 보충하여, 보다 포괄적이고 단단한 신화 세계를 구축한다. 몽골과 한국, 만주는 언어적으로 하나의 어족에 속해 있고 민족적 동질성도 적지 않으며, 지리적으로도 동북아시아에 속해 서로 긴밀한 문화적 접촉이 가능했다는 점에서 이들 신화에 대한 수용은 우리의 신화 쓰기에 새로운 가능성을 시사한다. 오랜 역사적 이동으로 북방에 떨구어진 우리의 이야기를 새로이 구축해가는 시인의 혜안과 노고가 참으로 놀랍다.

1. 여신에 의한 창세 이야기

이 신화서사시는 창세로부터 건국에 이르는 길고 긴 시간의 여정 속에서 벌어지는 특이점에 이르는 사건들을 보여준다. 이 사건들은 인간의 정형화된 사고의 틀을 넘어 상상력이 극대화된 스펙터클한 파노라마 형태로 펼쳐진다. 우주적 규모의 서사 속에는 신비하고 오묘한 창조의 원리가 보화처럼 숨어 있다. 심장박동 같은 음양의 리듬으로 세상은 어둠에서 빛으로 나아간다. 서사는 태초의 '혼돈'에서 세상이 열리는 '개벽'으로 시작하여 여자 인간과 남자 사람이 탄생되는 인간 창조의 이야기로 장대하게 펼쳐진다. '혼돈'은 단순히 무질서가 아니라 형태가 아직 태동하지 않은 상태일 뿐 조화로운 에너지의 흐름인 율려律呂가 작용하는 세계이다. 그래서 시적 화자는 말한다.

무엇이라고 부를 수 없는

어두운 것 같아

속을 알 수 없고

너무 밝은 것 같아

겉조차 구분할 수 없는

무엇이 있었다

—「1 혼돈」부분

혼돈은 만물이 아직 태동되지 않은 음양의 상반된 속성이 결합되어 있어 그것을 무엇이라 부르기 어렵다. 그 속의 양

(율)과 음(려)이 리듬을 타고 움직이면서 서서히 천지가 열리고 물방울에서 신이 태어난다. 원래 존재하고 천지만물을 창조하는 기독교적인 신이 아니라 우주의 조화로운 리듬에서 세상이 열리고 우리의 여신 마고가 탄생한다. 특히, 여신은 음양이 물고기 모양으로 움직이는 물방울 속에서 등장하는데, 이것은 만물이 물에서 기원한다는 자연의 원리와 맞닿아 있다.

몽골에도 물과 물고기에 관련된 창세의 모형을 보여주는 신화가 전한다. 그 이야기는 이렇게 시작된다. 많은 물 가운데 두 마리 물고기가 입과 꼬리를 물고 둥근 모양을 하고 있었다. 그 두 물고기 사이에 모여 쌓인 모래와 흙에서 세상의 중심인 수메르산이 솟아오르고, 사람들은 두 마리 물고기 몸으로부터 만들어진 네 대륙의 울타리 밖에서 살았다. 그리고 그 산기슭에 거대한 나무 한 그루가 위용 있게 자라났다고 한다. 그 위에 신들이 셋씩 셋씩 층층이 앉아 나무 열매를 따 먹었는데, 그래서 사람들은 천둥을 신들이 열매를 따기 위해 이쪽저쪽으로 움직일 때마다 치는 것이라고 말한다. 이 이야기는 여러 가지 화소와 의미를 함축하고 있지만 기본적으로 물과 물고기, 음양과 창조가 하나로 연결되어 있음을 보여준다. 또한 신들이 리듬 있는 움직임으로 천둥이 친다는 것은 곧 비를 내리는 것이요, 다시 물과 에너지의 생명력이 세상에 부여되는 것을 의미한다.

물방울 거품 방울 속에

청색과 흑색의 두 마리 물고기 모양의 어떤 것이

둥글게 서로의 꼬리를 입에 문 모습이

우연인 듯 필연인 듯

자연스럽게

드디어 나타나게 되었다

— 「4 태극」 부분

"두 물고기 형상은/후일 음과 양이라고 불러도 좋을/그 무엇"이 되었고, 오늘날 사람들은 그것을 음양의 상징으로 여긴다. 몽골 신화에서는 두 마리 물고기가 큰 바다 위에 있다고 하는 데 비해 이 시에서는 "물방울 거품 방울 속에" 있다고 말한다. 그러나 이것은 언어적 차이일 뿐 의미는 동일하다. 물방울은 물의 움직임, 파동 속에서 일어나며, 그 파동 즉 리듬에서 만물이 생겨나고 창조가 확장된다. 몽골의 한 학자는 영혼(순스), 생명의 기운(술드)이라는 단어의 어근과 액체, 물의 어근(수)이 같다고 본다. 몽골의 인간 기원신화의 한 이본에는 신이 진흙으로 남자와 여자를 만들고 사람에게 영혼을 불어넣기 위해 생명의 물을 구하러 가는 이야기가 나오는데, 이것은 바로 원초적 기의 형태로 이해되는 영혼도 근원적으로 물을 바탕으로 한다는 것을 말해준다. 인간을 만든 진흙 역시 물과 흙이 결합된 것으로 물은 존재의 창조뿐 아니라 그 영혼의 질료로도 작용하고 있음을 엿볼 수 있다.

영롱한 물방울 거품에서

훗날 마고라고 불렀고

수없이 많은 다른 이름으로도 사모하였던

여신이 탄생하였다

—「5 마고」부분

    물(방울)에서 세상과 인간이 생겨날 뿐 아니라 신 역시 이 물방울에서 생겨나며, 이 여신은 "만물을 이루는 운율 자체"로 새로운 생명을 탄생시키는 모체이다. 그의 이름은 마고. 물방울에서 태어난 여신은 물방울과 둘이 아니며 여신에게서 태어난 우리 한 사람 한 사람은 또한 여신과 둘이 아니다. 그래서 시적 화자는 인류 모두인 '너'를 부르며 "너는 시원부터 있어온 위대한 그 무엇이다"라고 말한다. 이는 현대물리학의 프랙탈 이론에서도 증명되고 있다. 즉, 어떠한 물체의 미세한 작은 부분의 요소는 전체를 닮은 모양을 하고 있다는 것이다. 이것은 만물의 무질서를 해명하는 데도 유용하게 사용되는데, 무질서해 보이는 미세한 부분은 큰 부분과 자기유사성을 갖는다는 것이다. 그러기에 마고신이 창조한 인간들은 마고, 즉 신의 속성을 지니는 것이 당연한 이치가 아니겠는가? 윌리엄 블레이크가 노래한 "한 알의 모래알에서 세계를 본다"는 것은 이러한 부분과 전체의 관계를 말하는 것으로 부분이 전체 안에 포함 관계에 있으면서 동시에 부분 자체가 곧 전체라는 것을 말해준다. 그래서 시인은 이렇게 말한다.

네가

대지의 굳셈과 거대함,

드넓음과 아름다움에 진정 하나가 된다면

그 순간 네가 바로 마고이다

　　―「15 마고의 동아시아 평야와 백두대간 창조」부분

　우리가 어디에 뿌리를 내리고 있는지, 그 무엇과 자기유
사성을 갖고 있는지 그것을 분명히 안다면 우리 자신이 곧
신이라는 것을 알게 된다는 말이다. 여기서 우리가 주목해
야 할 점은 이러한 창조 속에는 우주의 원리인 음양이 항상
춤추고 있다는 것이다. 아시아 신화의 기본 열쇠는 선악이
아니라 음양이며, 음양이 꿈틀대는 음악적 활동 즉 율려가
핵심이라 할 수 있다. 율려 자체가 양과 음을 이른다.

　태초에 물에서 탄생한 마고 여신은 여신으로 불리나 그
속성은 음양을 포괄한 양성적 성격을 띤다. 이러한 양성적
성격을 '남성성', '여성성'으로 구별하여 아니무스, 아니마
라고 말하기도 한다. 이 두 가지 속성이 잘 조화되는 것이 곧
신의 모습을 닮은 본래 나의 조화로운 본 모습일 것이다.

　끝없는 창조적 속성으로 마고 여신은 두 딸 궁희와 소희
를 낳아 창조의 협력자로 삼는다. 이 두 여신은 마고의 딸이
며 동시에 자매이다. 그들은 곧 마고의 신의 속성을 그대로
간직한 존재로 마고 그 자체요, 그 분신이기에 궁희는 윗몸
신, 소희는 아랫몸신으로 표현된다. 이 세 여신은 하나이면

서 셋이요, 셋이면서 하나이다. 이 세 신은 수 3의 모태라 할수 있으며, 수 3은 '완성'과 '새로운 시작'을 상징하는 샤머니즘의 세계관을 반영하는 수이다. 이후 마고신은 자매신들과 셋이서 수많은 생명체와 하늘의 천체 들을 만들어내고, 인간 여자와 남자 사람을 탄생시킨다.

2. 신들의 전쟁

창조와 분화가 활발히 이루어질수록 그 역할과 성격도 다양해지고 갈등도 증폭된다. 마고 여신은 자신의 살로 게으른 아랫몸신 소희를 깨우기 위해 아홉 개 머리와 여덟 개 팔이 달려 힘이 대단한 괴물 여신을 만든다. 이 여신은 마고신과 윗몸신의 살로 만든 신의 분신인 만큼 지략과 힘이 막강하다. 그런 자신이 한낱 여신의 잠을 깨우는 미미한 존재로지내는 것에 회의를 느낀 괴물 여신은 자신의 힘을 자만하여 창조신에 저항하는 악신이 된다. 그런데 이 악신은 아랫몸신이 던진 돌이 그녀의 배 밑에 붙어 남성 생식기를 갖게되고 남성신의 형태를 띠게 된다. 그러나 이 괴물 역시 여신들의 살로 만들어졌기에 그들과 완전히 다른 존재가 아니며, 여성성을 갖는 남성신이라는 특이한 형상이 된다.

사실상 이로써 악귀의 등장이 시작되는데, 악귀를 힘과능력이 탁월한 남성신으로 대변시킨 것은 아마도 그 시대사회·문화적 특성과 밀접한 관련이 있을 것이다. 다시 말해 여성신은 천신이요, 강력한 힘을 지닌 남성신은 지하신으로 좌정했었다는 말이다. 이것은 고대 신관을 반영하기도 한다. 오늘날 악귀와 마귀가 여성으로 형상화되는 것과는 사뭇 대조적이다. 마고신이 악신과 마지막 전쟁을 끝낸 후 악신을 "땅을 관장하는 아랫몸신의 몸속 맨 밑층/가장 깊은 곳에 파묻어" 난동을 피우지 못하게 했다는 것은 바로 그가 관장해야 할 처소가 지하였음을 말해준다.

한편 악귀의 탄생은 개체가 다양해지고 인간의 수가 증가하면서 그 안에 나타나는 사회적 갈등과 분쟁, 자연재해로 인해 겪어야 하는 인간의 고통 등을 해명하고자 하는 욕구에서 생겨났다고 할 수 있으며, 이들은 점차 밝음에 대한 어둠, 선에 대한 악으로 형상화된다. 그러나 괴물 역시 마고신에 의해 만들어지며 신이요, 불사와 창조의 속성을 갖기에 근원적으로 이들은 근절되지 않는다는 딜레마를 갖는다. 몽골의 영웅서사시에는 망가스라는 15, 25… 95의 수많은 머리를 가진 괴물이 등장한다. 이들 역시 신의 분신 내지 화신이기 때문에 결코 소멸되지 않으며, 이들이 죽고 그 뼈를 태워도 재는 땅에 스며 다시 재생을 기다린다. 이들은 악 그 자체라기보다 괴력을 지닌 자연현상, 사회적 갈등, 질병 등을 유발하는 어떤 요인이 사납고 기괴한 형태로 의인화된 것이며, 이는 마고신과 음양의 관계를 이룬다.

> 그때부터
> 거대한 세 여신의 살이 찢기고
> 산과 땅이 동요하고
> 물이 범람하고

비바람이 무섭게 퍼붓고

해와 달이 빛을 잃고

유성이 하늘 가득 날아다니고

만물이 참혹하게 해를 입는 일이 일어나게 되었다
　　　　　　　　　　—「18 악신의 첫 행보」부분

악신이

악한 공기로 변하여 달아나면서

아주 나쁜 기운을 공중에 퍼뜨려놓았다

그 악질 기운이

설사병과 돌림병으로

인간 세상에 남아 큰 해악을 끼쳤다
　　　　　　　　　　—「35 아홉 번째 전쟁의 결과」부분

　온갖 신묘막측한 재주를 갖고 있으며, 변장과 변신의 귀재인 악신은 마고신에 대항해 온갖 신통술을 부리며 아홉 차례의 전쟁을 벌여 세상의 질서를 어지럽힌다. 이들의 경쟁에서 마고신의 창조물인 두 자매신, 오리, 바람의 여신, 불의 여신, 눈물 시냇가 여신 등의 많은 신들도 갖가지 신통술을 사용해 수세에 몰린 마고신을 구한다. 이것은 마고신이 그 자체로 절대 지존의 힘을 가진 존재가 아님과 악신의 힘이 얼마나 대단한가를 보여준다. 이 싸움에서 악신은 얼음과 눈으로 마고신을 위기로 몰고 가고, 마고신 편에서는 불과 바람으로 악신에 대항한다. 몽골의 서사시에서 선신과 악신은 한 부모에게서 태어난 형제로 나타나는데, 이들의 대결은 표면적으로 선악이지만 이면적으로 음양의 대결로 이해된다. 마고신과 악신의 대결 역시 선악의 대립을 넘어 여름과 겨울의 대결이라는 패턴으로 이해할 수 있다. 몽골 영웅서사시 『게세르』에도 게세르와 괴물 망가스는 흰 소와 검은 소로 등장해 아침에는 흰 소가 이기고 저녁에는 검은 소가 이기는 순환성을 보여준다.

이처럼 몽골 영웅서사시의 괴물은 '음'의 성격을 띠며 '양'을 확장시키는 역할을 하는 존재이면서 동시에 '악'을 표상하는 이중적 의미를 띤다. 한편 마고신의 세계는 일종의 새로운 도전을 통해 단련되고 확대되는 이치를 괴물, 악신과의 대결을 통해 보여준다. 몽골의 창세신화의 한 이본을 보면 오치르바니 신이 협조자 차간 슈헤르트와 함께 바닷물 위에 대지를 만든다. 첫 땅은 그 두 신이 앉아 있을 정도의 작은 땅만 있었는데, 두 신은 그곳에 앉아 졸다가 잠이 들어버린다. 그때 악귀가 나타나 그 두 신을 물속에 던져버릴 요량으로 땅 채 그 두 신을 낚아채서 물을 향해 달려간다. 그런데 아무리 달려도 물이 보이지 않자 그들을 초원에 버리고 도망친다. 여기서 두 신을 물에 던져버리려고 했던 악귀의 부정적 행위가 곧 대지를 확장시키는 결과를 낳는다. 어떤 경우든 대립적인 상황을 통해 존재의 성장을 이룬다는 것은 마고신의 모습에서처럼 인간 존재가 갖는 피치 못할 부조리한 진리일 수 있다. 그래서 시적 화자는 '너'에게 말한다.

역사가 앞으로 나아간다면

역사를 나아가게 하는 힘은

눈물이 주는 것이다

한 인간이 극적인 변화를 한다면

변화하는 그 지점에

눈물이 있다

―「25 일곱 번째 전쟁」 부분

부와 권력 그리고 명예가

진정한 성공이 아니고

삶을 견디어내는 것이 성공이다

―「31 아홉 번째 전쟁 시작 전」 부분

  인간을 창조한 신도 이토록 수없이 많은 싸움을 통해 평화를 얻었기에 전쟁과 갈등, 고통이 없는 인생을 우리는 생각하지 말아야 할 것이며, 평화를 지향하며 시간을 견디어내는 것이 곧 승리라고 시인은 말한다. 여신은 악귀와의 수없는 전쟁을 치른 뒤 종국에 승리를 거두고 "훗날 마고성이라고 부르게 되는/가장 신성한 곳에서" "윗몸신, 아랫몸신과 함께/영원한 존재로 살아"간다.

3. 인간 땅에 관련된 남성신들의 이야기

  위의 서사까지가 신들의 이야기였다면 이제 악신과의 전투에서 승리한 마고신의 인간 땅에 대한 관심이 시작된다.

먼저 마고신과 그의 자매신들은 인간 세상에 첫 영적 지도자인 여자 사람을 양육하며, 여자는 선신과 악신의 능력을 고루 전수받는다.

> 마고신의 뜻에 따라 그녀는
> 신의 세계,
> 짐승의 세계,
> 영의 세계,
> 혼의 세계를 모두 꿰뚫어보는
> 인간 세계에서 제일가는
> 지혜로운 자
> 큰 영적 지도자가 되었다
>
> —「42 첫 영적 지도자가 된 여자 사람」 부분

이렇게 의미 있게 양육한 여성 영적 지도자에 대한 이야기는 서사에서 더 이상 진전되지 않고 갑자기 남성신인 미륵신이 등장한다. 아마도 여신이 주가 되었던 사회에서 남성신이 중심이 되는 사회의 중간 단계를 설명할 마뜩한 매개적 서사를 찾기 어려웠던 것은 아닐까?

서사는 천상, 지상, 지하의 광대한 공간적 배경에서 점차 일정한 지역의 삶의 이야기로 집중화된다. 먼저 마고신의 세 자매가 조력자로 삼기 위해 창조한 미륵신이 나타나 자신이 관장하는 땅에 특별한 인간들을 창조해달라고 부탁한다. 마고신은 자신의 신체 일부를 떼어내 금벌레, 은벌레를 만들어준다. 그러자 금벌레, 은벌레가 남자와 여자로 변하고 이들은 부부가 되어 미륵의 땅에서 자손을 번성시키며 살게 된다.

그런데 앞서 마고신이 평화롭게 지내고 있을 때 악신의 도전을 받았듯 평화로웠던 미륵신의 땅에 갑자기 석가가 등장해 갈등과 분란을 일으킨다. 이들은 내기를 걸고 인세를 차지하기로 한다. 두 번의 내기에서 진 석가는 마지막 꽃 피우기 경쟁에서 미륵 앞에 핀 꽃을 자기 앞에 가져다 놓는 속임수를 쓰고, 이로써 세상의 온갖 거짓과 위선, 부정한 것들이 생기는 빌미를 만든다. 꽃 피우기 인세人世 차지 경쟁은 몽골 신화에도 똑같이 등장하는데, 이것 역시 여름과 겨울의 겨루기라는 이면적 구조에 세상의 악과 부정한 것들이 생겨난 이유가 부회된 이야기라 할 수 있다.

그런 뒤 오랜 세월이 흘러 부정한 것으로 가득한 세상에 거대한 홍수가 일어나 인류가 몰살되고 오직 큰 매와 마고가 가르친 여성 영적 지도자만이 남는다. 그녀는 마고의 분신체로 인류를 번성시키는 인류의 어머니가 된다. 홍수 후에 다시 지상에 많은 사람들이 태어나 평화를 회복한다. 그때 마고신은 오래전부터 아꼈던 백두대간이 있는 동쪽 땅에 특별한 천인天人을 두고 싶어 하여 자신의 두 딸이자 자매인 궁희, 소희에게 신이면서 인간을 닮은 천인을 낳으라고 명한다. 그 두 여신은 선천과 후천의 기운을 받아 네 천인과 네 천녀를 낳고, 그 네 쌍의 남녀로부터 각각 3남 3녀를 낳게 된다. 이들이 바로 후에 지상에 살게 되는 천손족의 시조가 된다. 이들은 율려가 관장하는 조화로운 천상의 삶을 살면서 평화를 누린다.

> 혼백의 혼까지 완전히 깨어나 있고
> 안과 밖의 모든 것이 온전히 이루어져 있어
> 소리를 내지 않고도 능히 말을 하였고
> 혼백의 백이 움직여
> 형상을 감추고도 능히 행동하였다
> 땅기운 중에 살면서도 그 수명이 끝이 없었다
> ―「48 천인들의 삶」부분

그러나 항상 평화 뒤에는 혼란이 찾아오는 법. 천인들의 수가 많아져 그들의 생명의 양식인 땅에서 나는 하얀 젖인 지유地乳가 부족해지자 지유 대신 포도를 먹게 됨으로써 천인들은 오미五味의 쾌락을 알게 되고, 그로 인해 인간의 욕망이 불균형을 이루며 "스스로가 자신을 조절할 수 없는 점점 이상한 상태가" 되어간다. 이는 현대 인구, 식량 부족, 환경오염 등의 문제를 그대로 반영하는 하나의 축소판이라 할 수 있다. 오미의 쾌락으로 인해 천인들의 수명은 짧아지고, 피와 살은 탁해졌으며 그들의 성정은 왜곡되어갔다.

천손족의 천인 가운데 가장 어른이면서 품성이 훌륭했던 황궁씨는 이런 상황에 모든 책임을 통감하고 마고신 앞에 나가 사죄한다. 그리고 마고성의 본래의 맑고 깨끗한 성정을 되찾아 돌아가겠다는 복본復本의 서약을 하고 인간 세상으로 내려간다. 이렇게 해서 천인족이 각지로 흩어지는 디아스포라가 시작된다. 훗날 황궁씨의 후예는 백산흑수白山黑水가 있는 아름다운 동쪽 땅에 밝달국을 여는 자들이 된다.

마고신은 천인들이 떠나간 마고성을 청소하고 눈에 보이지 않는 아득한 곳으로 마고성을 옮겨 없는 것 같은 곳으로 자신의 거처를 옮긴다. 신화의 세계는 역사를 반복하고 또 순환하면서 지고신의 자리를 시대가 요구하는 새로운 존재로 전화시킨다. 마고신은 오랜 세월 잠을 자면서 "형상이 없이 빛나는/푸르고 휘황한 빛무리"가 되는 특별한 꿈을 꾸게 되고, 꿈에서 깨어났을 때 자신이 "세상의 어디에라도 닿아/그곳을 어루만지는 눈부신 빛의 바다"가 되어 있음을 발견하고 기뻐한다. 또 그녀는 그런 존재를 "밝은 하늘빛", "모든 것의 근원"이라는 뜻으로 '환인'이라 칭한다. 여성도 남성도 아닌 두 존재는 하나이면서 외적으로 여신과 남신으로 형상화된다. 마고신이 환인으로 변화됨으로써 단절되어 있던 창세신화와 건국신화는 연결되고 우리의 신화는 자신의 존재를 갱신한 신이 주동이 되는 새로운 역사적 변곡점을 맞게 된다.

마고신이 변모한 환인천제는 인간 세상에 관여해 인간들이 평화롭게 살아가도록 살피고, 자신이 창조한 많은 신들에게 인간 세상에 나가 인간들의 삶에 함께하도록 권면한다. 이러한 지상의 역사를 만들어가고 있을 때 "환인천제의 몸인 빛바다에서" 환웅천황이 태어나고, 그는 마고신 때부터 특별히 마음 썼던 동쪽의 아름다운 땅을 꿈꾼다.

4. 환웅의 신시, 단군의 아침 새 빛의 나라

환웅천황이 천상에서 환인천제의 명을 따라 더할 나위 없이 훌륭하게 일하던 시절, 하늘의 욕심 많은 신들이 있어 이들이 또 전쟁을 일으킨다. 이 전쟁 이야기는 부랴트 게세르 서사시의 천상의 동쪽 44신과 서쪽 55신의 싸움을 제재로 한다. 이 서사에서는 세 번의 전쟁이 일어난다. 환웅천황과 성정이 맑은 신들은 서쪽 진영에 속해 욕심 많은 동쪽 진영의 신들을 물리치고, 그다음 욕심 많은 신의 세 아들과 싸우고, 세 번째는 이들의 힘센 아버지 신과 싸우게 된다. 마침내 환웅천황은 모든 전쟁에서 승리를 거둔다. 여기서 동쪽의 신들은 욕심 많은 신으로 이야기되지만 이들에게는 적지 않은 상징적 의미가 내재되어 있다. 부랴트의 『게세르』 서사시에서 동서 양 신의 우두머리들은 원래 서로 같은 아버지에게서 태어난 형제의 성격을 띠며, 이들의 전쟁 역시 앞서 있었던 전쟁과 유사한 성격을 띤다. 『게세르』에서 동쪽 악신의 우두머리를 '아타이 울란'이라고 하는데 이때 아타이는 '질투, 시기'를 이르는 말로, 이 신은 질투하는 신이라기보다 질투와 분쟁을 제어하는 신의 의미가 있다. 그러나 이러한 사나운 성격으로 인해 그를 포함한 동쪽의 신들은 각종 자연재해, 질병, 재난을 일으키는 악한 존재로 고착화된다. 이 신과 그 세 아들 신들은 지상에 던져져 각종 괴물과 사악한 마법사, 자연재해를 일으키는 악한 존재가 된다. 환웅천황은 『게세르』 서사시의 게세르로 비정되며, 그들은 모두 천상적 존재로 악한 신의 분신인 세상의 온갖 부정한 것을 제거하고 평화로운 세상을 구현하기 위해 지상에 내려온다. 빛바다에서 태어난 환웅천황은 마고 여신이 만들었던 동방의 땅, 백두대간을 택하여 빛의 메시지를 전하는 구원자적 존재로 하강한다. 천상 권위의 신표인 천부인을 갖고 풍백, 우사, 운사와 더불어 내려와 신령한 마고성의 이상을 실현한다.

> 맑은 성정을 되찾아
> 신령스런 생활로 되돌아갈 것을 권하였고
> 복본의 정신을 잃지 않도록 하였다
> ―「67 환웅천황의 홍익인간」 부분

태백산 신단수 아래 이른 환웅천황은 이전에 터 잡고 살던 황궁씨의 후예 밝달족 사람들과 함께 환인천제에게 제사를 올리고 그곳에

> 위대하고 신성한 나라인 밝달국을
> 건국하고
> 신시神市를 열었음을 하늘에 고하였다
> ―「68 자기들의 땅에 도착하다」 부분

환웅천황은 지상에서 자신이 하고자 했던 모든 뜻을 이루고, 치세의 권한을 자신의 아들 단군왕검에게 물려준다. 마고 여신에서 시작하여 마고 여신의 화신인 환인천제 그 아

들 환웅천황 그리고 신의 직계 후손인 단군에 이르기까지 그들이 추구했던 것은 맑은 성정을 되찾아 마고성의 조화로운 율려의 세계를 회복하는 것이었다. 신시는 곧 마고성이요, 그 신시에 사는 자들은 모두 마고신의 창조물이며, 마고신과 다르지 않은 존재들이다. 신시에 인구가 번성하자 단군은 더 넓은 땅을 찾아 이동해 가서 "아침 새 빛의 나라"를 열고 홍익인간을 천명하며 새 시대를 펼쳐갔다.

긴 호흡의 신화서사시 속의 시적 화자는 우리의 뿌리 찾기를 통해 각자의 내면에 거하는 신성을 회복하고, 천신 환웅천황이 인간을 이롭게 하기 위해 용감하게 지상에 내려와 문명을 건설했듯 우리 "인간들이 하나가 되고/인간과 자연이 또 하나"되는 또 다른 마고성의 새 문명을 열어가기를 희망한다. ✎

몇 년 전 몽골 초원에서 이 시집에 실린 시들을 쓰기 시작했습니다. 겨울이었고, 게르촌에 저 혼자만 있었습니다. 가장 불편한 것은 게르에서 난방으로 사용하는 석탄 냄새였습니다.

그러나 알타이산맥의 끝자락이 멀리 아스라이 보이고, 말떼들이 초원을 달리고, 밤하늘 가득히 커다란 별들이 한 치의 빈틈도 없이 별빛을 쏟아내는 모습은 정말 신화 속에 들어와 있는 것 같았습니다.

우리의 단군 이야기에 대해서는 건국신화로서 너무나 완벽하다는 생각을 늘 해왔습니다. 하늘신이 짐승에서 인간이 되는 과정을 이겨낸 여성과 혼인을 하여 자식을 낳고, 그 자식이 새 나라를 건국한다는 것은 갖출 것을 다 갖춘 완전한 신화입니다. 거기에 홍익인간 등과 같은 건국이념이 묘사되어 있으니 금상첨화입니다.

그러나 홍익인간, 제세이화 등과 같은 멋지고 훌륭한 건국이념들이 어떻게 생성되었을까 하는 의문이 있었던 것도 사실입니다. 그리고 우리의 신화에서 우주와 세계의 시작을 묘사한 창세신화가 풍부하지 못한 것이 늘 안타까웠습니다. 제 생각으로는 아주 옛날 우리 민족의 주류가 대륙의 동쪽으로 이주를 해오면서 창세 이야기를, 떠나온 그곳 그 길 위에 남겨두고 온 것이 아닌가 하는 것이었습니다. 비유하자면 집안의 5대조 이상 아주 윗대 조상을 모시는 제사, 즉 시향 혹은 시제는 본적지인 먼 고향에 그대로 두고, 바로 가까운 윗대 어르신들의 제사만 바로 자기 집으로 가져와 모시는 것과 같은 것이 아닌가 하는 것이었습니다. 그래서 대륙의 북방 문명 루트의 신화들을 찾아보기 시작했습니다. 물론 거기에 홍익인간 등과 같은 우리 민족의 건국이념이 생성될 수 있었던 실마리가 있을 것으로 생각을 하였습니다.

우처구우러본(조상신의 이야기) 만주 신화와 바이칼의 게세르 신화, 몽골 신화와 우리 신화 등에서 이 시집의 창세 시기의 이야기를 옮겨왔습니다. 창세 시기의 여성신들이 활약하는 대부분의 이야기는 우처구우러본에서 따오고 간추렸습니다. 물론 여신의 이름은 우리말로 된 이름을 사용하였습니다. 우처구우러본 신화를 역주를 해서 우리말로 발표를 하신 이종주 교수께 특별한 감사를 드립니다. 그리고 몽골 신화 연구에서 탁월한 성과를 내신 이안나 교수께도 존경을 드립니다. 창세기 초기를 그릴 때 몽골 신화에서 많은 영감을 받았으며 하늘과 땅의 창조에 대한 시에서 그 일부를 옮겨 썼습니다. 우리에게 남아 있는 몇 개의 짧은 우리 창세 이야기를 북방 창세신화들과 하나의 이야기로 묶기 위해서 부족한 능력에도 최선의 노력을 하였습니다.

대륙 북방의 옛 문명길에 남아 있는 위의 창세신화들이 몇 가지 우리 신화 속 창세신화들과 같은 뿌리를 가진 것이라는 확신이 저로서는 들었습니다만, 이 시집의 내용은 신화학에 관한 논문이나 학술 보고서가 아닌 상상력에 의한 완전한 예술 창작임을 밝힙니다. 이 신화 서사 연작시를 읽고서 우리의 어린아이들과 청소년들이 상상의 나래를 더 넓고, 깊게 그리고 크게 가지게 되기를 바랍니다. 그리고 이 시집을 접한 어른들이 지금 심화되는 분단으로 고통받고 있는 이 땅의 우리 삶을 다시 한 번 깊이 되돌아보는 계기로 삼을 수 있기를 또 바랍니다. 부디 이 시집이 우리의 문화를 풍성하게 하는 데 의미가 있는 일이라고 여겨지기를 원합니다.

이 작업을 진행하면서 중간에 몇 년 동안을 멈춰 있었습니다. 게으름 때문이기도 했지만, 여성신의 시대에서 남성신의 시대로 전환되는 시기 즉 창세에서 건국으로 가는 시기의 이야기를 연속성 있게 유지시키는 것에 대해 커다란 벽을 느꼈기 때문입니다. 이 어려움을 해결하는 데 큰 도움을 주신 국어과의 최 선생님께 심심한 감사를 드리고, 또 우처구우러본 신화를 처음으로 소개해주신 동화작가 김 선생님께도 진정으로 깊은 감사를 드립니다. 출판을 결정해준 솔출판사의 사장 임우기 평론가와 편집부 선생님들께도 따뜻한 감사를 드립니다.

아리, 유리와 보니, 윤희, 진강, 경식, 경호, 호현이 읽었으면 하는 마음으로 이 시집을 끝까지 쓸 수 있었습니다. 미안하고도 고마운 마음을 함께 전합니다.

자가 격리를 하면서 이 시집 원고를 끝마칩니다. 신화가 역사 이전의 과거에서만 탄생하는 것이 아니라 현재에도 진행하고 있음을 나타내는 상황이 계속되고 있는 이 코로나 시대에 우리 모두의 평안을 빕니다.

2022년 1월
나해철

| 참고문헌 |

김의숙·이창식,『한국신화와 스토리텔링』, 북스힐, 2008.

김재용·이종주,『왜 우리 신화인가』, 동아시아, 2004.

김태곤,『한국 무속 연구』, 집문당, 1981.

김태곤,『한국문화의 원본사고』, 민속원, 1997.

김헌선,『한국의 창세신화』, 길벗, 1994.

미르치아 엘리아데 외,『세계 신화 이야기』, 김이섭·이기숙 옮김, 까치, 2001.

박제상,『부도지』, 김은수 옮김, 한문화, 2002.

북애,『규원사화』, 고동영 옮김, 한뿌리, 2005.

석상순,「한국의 '麻姑' 전승」, 국제뇌교육종합대학원대학교 박사학위 논문, 2012.

신천식,『한국 고대 민족사의 탐구』, 서경, 2003.

유홍준,『나의 문화유산 답사기 중국편 3』, 창비, 2020.

이안나,『몽골 민간신앙연구』, 한국문화사, 2010.

일리야 N. 마다손,『바이칼의 게세르 신화』, 양민종 옮김, 솔출판사, 2008.

일연,『삼국유사』, 김원중 옮김, 을유문화사, 2002.

정재서,『이야기 동양신화』, 김영사, 2010.

하홍진,『한문화의 새발견』, 꿈이있는집, 2005.

『환단고기』, 안경전 옮김·계연수 엮음, 상생출판, 2012.

「우처구우러본」, 이종주·장충식 옮김,『한국고전연구 제3권』, 395쪽.

『구약성경』.

물방울에서 신시까지
아침 새 빛의 나라

1판 1쇄 발행	2022년 2월 11일
1판 3쇄 발행	2022년 10월 17일

지은이	나해철
펴낸이	임양묵
펴낸곳	솔출판사

편집장	윤진희
편집	최찬미, 김현지
디자인	이지수
경영관리	이슬비

주소	서울시 마포구 와우산로29가길 80(서교동)
전화	02-332-1526
팩스	02-332-1529
블로그	blog.naver.com/sol_book
이메일	solbook@solbook.co.kr
출판등록	1990년 9월 15일 제10-420호

© 나해철, 2022

ISBN 979-11-6020-169-7 03810